꽃들의 휴터

꽃들의 휴터

2022년 12월 1일 1판 1쇄 인쇄 / 2022년 12월 11일 1판 1쇄 발행

지은이 오복이 / 펴낸이 임은주
펴낸곳 도서출판 청동거울 / 출판등록 1998년 5월 14일 제406-2002-000128호
주소 (12284) 경기도 남양주시 다산지금로 202(현대 테라타워 DIMC) B동 317호
전화 031) 560-9810 / 팩스 031) 560-9811
전자우편 treefrog2003@hanmail.net / 네이버블로그 청동거울출판사

북디자인 서강
출력 우일프린테크 | 인쇄 하정문화사 | 제책 우성제본

책값은 뒤표지에 있습니다.
잘못 만들어진 책은 바꾸어 드립니다.
지은이와의 협의에 의해 인지를 붙이지 않습니다.

이 책의 본문은 친환경 재생용지를 사용해 제작했습니다.

First published in Korea in 2022 by CheongDongKeoWool Publishing Co.
Printed in Korea.

ISBN 978-89-5749-226-0 (43810)

나는 흉터로 얼룩진 지금의 나밖에 가진 것이 없어.
그렇지만 나답게 살고 싶어!

꽃들의 흉터

오복이 지음

청동거울

이 책에서 쉼터는 청소년쉼터를 지칭합니다. 쉼터에는 케이라고 불리는 사회복지사, 청소년상담사, 청소년지도사, 임상심리사, 다른 종사원이 있습니다. 2020년 전국 쉼터에는 케이가 646명이었습니다(한국청소년상담복지개발원, 2020). 이들은 365일 24시간 아이의 마음을 살피고 끝없이 대화합니다. 쉼터는 서울에서 제주도까지 136개소가 있습니다. 쉼터를 이용한 청소년 수는 2019년에 32,402명이었습니다(여성가족부, 2021). 2010년 이용자가 9,350명으로 계속 증가하고 있습니다. 2021년 현재 전체 가정 밖 청소년은 약 12만 명으로 추정되며, 쉼터 이용자는 약 27%로 추산됩니다.

케이는 쉼터에서 아이의 이야기를 듣습니다. 아이의 이야기는 격렬하고, 힘겹고, 억울하고, 막막하고, 막무가내고, 불통하고, 절망하고, 불안하고, 냉혹하고, 위급하고, 감동하고, 울컥하고, 눈물이 납니다.

"씨ㅇㅇ"

"부모가 없는 저는 어떡합니까?"

"선생님, 숨을 쉴 수가 없어요."

"저, 이제 어떻게 살아요."

"어떻게 살아야 할지 막막해요."

"아이, 씨, 학교 안 가요!"

"아, 내 인생 내가 알아서 산다고요."

"당신이 뭔데 상관이야?"

"엄마."

"이제 공부 좀 해볼까요?"

"선생님, 시험 떨어지면 어떻게 하죠?"

"엄마가 나가라고 했어요."

"집 비밀번호를 바꿔서 집에 들어갈 수가 없어요."

"맞다가 죽을 것 같아서 도망쳐 나왔어요."

"살려 주세요."

케이는 아이에게 끝없이 이야기합니다. 케이는 아이를 지지하고, 설득하고, 위로하고, 격려하고, 염려하고, 간청하고, 부탁하고, 타협하고, 걱정하고, 다급합니다.

"부모를 선택해서 태어나지 못하잖아."

"그래도 살아내야 하잖아."

"이렇게 나를 포기할 수는 없잖아."

"괜찮아, 지금부터 시작하자!"

"밥은 먹었어?"

"제발 졸업은 하자."

"그만 일어나자."

"한 번만 더 해보자."

"어디야?"

"일단, 거기 있어."

"112에 도움을 요청할게."

케이는 날마다 문자, 사회관계망, 전화, 이메일, 편지에 답합니다. 전국에서 셀 수 없이 많은 아이가 쉼터에 편지를 보냅니다. 케이는 답장합니다. 닿지 못한 편지는 수취인 불명으로 돌아옵니다. 쌓이고 쌓인 수만 통의 편지가 만리장성이 되어 아이들을 지켜내고 있다고 믿습니다.

성폭력, 가정 폭력, 가정 해체, 빈곤, 갈등, 폭력, 방황을 연습 없이 빈 몸으로 받아야 하는 아이는 이 시간에도 길 위에서 헤매고, 잠을 청하고, 굶습니다. 아이는 내가 왜 이렇게 되었는지, 어떻게 살아야 하는지 알지 못한 채 흔들리며 휩쓸리고 방황합니다.

그 끝은 어디를 향하고 있을까요?

어느 날 세상에 던져진 아이는 알 수 없는 화를 내고, 공격하고, 슬퍼합니다. 두려움에 떨며 암흑 같은 시간을 버텨냅니다. 점점 폭력을, 거짓말을, 우울을 생존을 위해 학습합니다. 아이는 아팠던 만큼 자신과 다른 사람을 괴롭히며 공격합니다. 이 처참한 현실을 멈추고 싶어 약을 먹습니다. 더는 숨을 곳이 없어서 병원에 입원합니다. 팔목을 칼로 그어 버림받은 상처가 영원히 잊히기를 바랍니다. 그러면서도 아이들은 나답게 살고 싶은 소망을 품습니다.

이 책은 이 순간에도 아이들 손을 붙들고 있는 전국의 케이를 응원합니다.

케이의 온기를 붙들고 진주를 품은 수많은 청소년을 응원합니다.

2022년 겨울

케이

| 차례 |

이 글은 상처 받은 아이가 살기 위해서 무엇이 필요한가?
묻습니다.
질문을 통해 상처 받은 아이들의 처지가
독자에게 닿기를 소망합니다.

글은 아이가 어떻게 쉼터에 오고,
어떻게 살고, 어떻게 떠나는지
실화를 바탕으로 했습니다.

사라진 아이

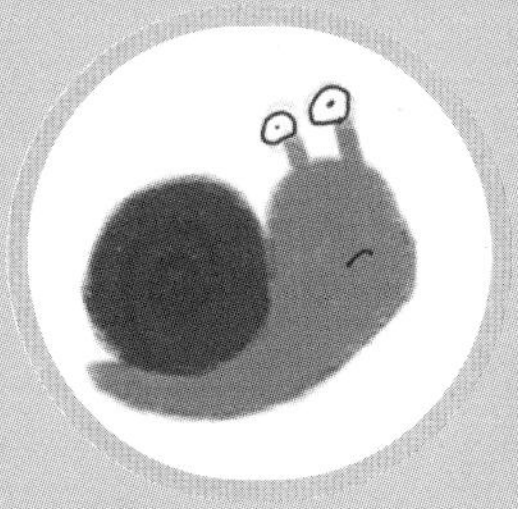

여정 이야기

여정은 쉼터를 나가고 싶었다. 열여섯 살 여자아이가 밤에 쉼터를 나간다면 잠자리는 거리다. 거리는 여정에게 싸구려 조건 만남 같은 것을 요구한다.

"선생님, 퇴근이 늦으시네요?"

야간 근무 담당 케이가 막 쉼터에 들어왔다.

"케이, 어서 와요. 신입과 대치 중."

"누구예요?"

"조금 전에 들어온 여정이."

선생님은 다급했다. 케이의 표정이 바뀌었다. 쉼터에 막 들어온 아이와의 대치는 수시로 일어났다. 대치 상황은 길 잃은 영혼을 의미했다. 퇴근이 늦어진 선생님은 이미 지쳤다. 여정과의 대치는 입구에서부터 시작되었다.

"나가게 해 주세요!"

여정은 쉼터를 나가고 싶었다. 열여섯 살 여자아이가 밤에 쉼터를 나간다면 잠자리는 거리다. 거리는 여정에게 싸구려 조건만남 같은 것을 요구한다. 쉼터에는 그런 사례가 수없이 많다. 결과는 미성년 성매매, 폭력, 성병, 임신으로 치닫는다. 처참하다. 아물지 않은 상처가 다른 상처로 덮이는 상황은 막고 싶었다.

"여섯 살에 아버지가 사고로 죽었어요. 엄마는 저를 버리고 떠났어요."

여정은 목소리와 표정에서 어떤 감정의 동요도 찾을 수 없었다. 부모의 죽음과 버림은 여정에게 날카로운 흉터를 남겼다. 이모가 보호했지만 열세 살에 가출했다. SNS를 통해 열일곱 살 남자를 만났다. 그 후 삼 년을 아이와 아이가 함께 거리에서 살았다. 날이 어두워지는 저녁이 무서웠다. 그런 하루하루를 견디었다. 끈질긴 목숨을 어떻게든 살아보려고 무엇이든 부여잡았다. 버려지고 기댈 곳 없는 아이의 몸부림이었다.

대치가 길어졌다. 주간 선생님은 뒤를 부탁하고 현관을 나섰다. 케이는 여정의 이모와 연락을 했다. 이모는 이미 포기 상태였다.

"저희도 이제 지쳤어요. 가출을 반복하는 여정이를 감당할 수가 없어요. 죄송한데 그곳에서 지낼 수 있게 해주면 좋겠어요."

여정은 쉼터에서 나가기 위해 이모에게 애원했다.

"이모, 나 여기서 나가게 해줘. 제발."

이모는 여정의 잦은 가출과 신고, 낯선 아이가 되어 가는 여정을 수용하지 못했다. 여정의 집요한 통화를 끝내 거부했다.

여정은 이모가 연락을 받지 않자 112에 전화했다.

"도와주세요."

출동한 경찰은 여정이 가출 신고된 아이라는 것을 알았다. 경찰은 여정을 설득했다.

"쉼터에 있는 게 좋겠다."

이모는 경찰측의 연락도 받지 않았다. 이모와 연락이 닿지 않아서 경찰도 난감했다. 데려가도 대안이 없다는 것을 안다. 하루 재우고 내보내면 다시 거리를 떠돌게 된다는 것을 안다. 그렇게 밤은 깊어 갔다.

다래가 아르바이트를 끝내고 무거운 발걸음으로 현관을 들어섰다. 입소 1년 6개월이 되어 가는 다래는 쉼터에서 꿈을 키우고 있다. 대학을 가기 위해서 검정고시를 보았고, 독립을 준비하기 위해 여러 자격증에 도전하고 있다. 열여덟 살이지만 쉼터에서는 베테랑이었다. 케이는 다래에게 도움을 청했다. 다래는 여정의 눈을 똑바로 응시하며 또박또박 말했다.

"연기 그만해! 넌 절실해 보이지 않아. 갈 곳 없는 거 다 알아. 넌, 미성년자야."

"……."

다래의 단호한 눈동자 때문에 여정은 꼼짝할 수 없었다. 마음을 들켜버린 것 같아 아무 변명도 할 수 없었다. 다래는 자신의 어려웠던 순간을 떠올리며 질문했다.

"너, 그동안 어떻게 살았어?"

여정이 방황을 멈추고 안정을 찾아 자신의 길을 만나길 바랐다. 다래의 이야기는 조용하고 길었다. 여정은 말없이 다래의 도닥임을 들었다.

"노력해 볼게요."

새벽이 올 무렵 여정은 쉼터에 남겠다고 눈물을 멈추었다.

길고 긴 밤이었다. 케이는 붉게 충혈되고 아린 눈을 잠시 감았다.

다음 날, 아침. 여정의 침대는 텅 비어 있었다. 어디로 사라졌을까? 케이는 큐에게 이메일을 썼다.

큐에게

저는 오늘 또 하나의 영혼을 잃었습니다. 아이는 본인의 의지와 무관하게 부모를 만났습니다. 부모는 너무 일찍 아이 곁을 떠났습니다. 아이는 어떻게 살아야 하는지 모르는 삶을 맨몸으로 견디고 있습니다.

큐는 수많은 아이가 밤거리를 헤맬 때 무엇을 하시나요?

케이.

긴급 입소

시내 이야기

시내는 통장에서 돈을 인출해 버스를 탔다. 추워서 잔뜩 웅크리고 집에 도착했지만 집은 암흑이었다. 서운한 마음과 피곤이 몰려왔다.

“저……. 집에서 쫓겨났어요. 갈 곳이 없는데, 쉼터에 갈 수 있나요?”

아이가 머뭇거리며 물었다.

“날이 이렇게 추운데 왜 집을 나왔어?”

케이가 조심스럽게 물었다.

“…….”

23시 30분. 창밖에는 눈이 내리고 있었고 전화 속 아이는 울고 있었다.

“말하고 싶지 않아요.”

아이는 차갑게 언 목소리로 더듬거리며 울먹였다. 아이는 자신의 상황이 알려지는 게 두려웠다.

“혼날 거예요.”

부모님의 꾸지람이 무섭고 싫었다. 아무도 모르게 단지 하룻밤 쉴 곳이 필요했다.

"혹시 집에서 맞고 나왔니?"

창밖에는 눈이 점점 쌓여 가고 있었다. 케이는 마음이 조급해졌다.

"……."

"괜찮아, 천천히 말해."

케이는 낮은 목소리로 이야기했다. 아이의 흐느낌은 잦아들었다.

"쉼터에 혼자 올 수 있겠어?"

"네, 갈 수는 있는데 마스크가 없어요."

마스크가 없어서 택시를 탈 수 없는 상황이었다.

"가정 폭력으로 쫓겨난 아이입니다."

케이는 시내의 위치를 확인하고 112에 호송을 부탁했다. 눈발은 함박눈으로 바뀌어 길에 쌓였다. 지구대 순찰차는 거북이처럼 도시를 건너왔다. 시내는 00시 40분에 쉼터에 입소했다. 입소서류 작성은 더뎠다. 불안으로 망설이는 시내에게 케이가 말했다.

"시내야, 경찰은 너를 안전하게 데려다 주신 분들이야. 집에는 알리지 않을 거야."

서류 작성이 끝나고 경찰은 돌아갔다.

"선생님과 더 이야기하고 싶어?"

"네."

케이는 따뜻한 코코아를 내밀었다.

이름은 시내. 나이는 열일곱 살. P여고 재학 중이었다. 시내는 길었던 하루에 대해 천천히 말했다.

"방과후에 6시부터 9시까지 음식점에서 아르바이트했어요. 눈이 내리고 버스비가 없어서 엄마에게 데려와 달라고 전화했어요. 엄마는 피곤하다며 거절했어요."

시내는 통장에서 돈을 인출해 버스를 탔다. 추워서 잔뜩 웅크리고 집에 도착했지만 집은 암흑이었다. 서운한 마음과 피곤이 몰려왔다. 자려고 방에 들어왔을 때 엄마는 짜증섞인 목소리로 물었다.

"밥은 먹었어?"

"안 먹어!"

시내는 쌓였던 서운함을 날카롭게 내뱉었다.

"어디서 버릇없이 소리 질러!"

엄마는 아빠에게 전화했다.

시내는 주방으로 달려갔다. 칼을 집어 들고 소리쳤다.

"엄마, 아빠 앞에서 사라져 줄게."

시내는 죽고 싶지 않았다. 죽을 용기는 없었다. 그렇게 소리치면 엄마가 시내를 바라봐 줄 것 같았다. 엄마도 아빠와 싸울

때 그렇게 소리쳤다. 엄마는 차갑고 메마른 눈으로 쏘아보았다.

"어디서 죽는다고 해!"

"언제, 나한테 신경이나 썼어!"

"나가! 너 같은 딸 필요 없어!"

시내는 입은 채로 다시 집을 나왔다. 눈은 소리 없이 쌓이고 있었다. 그때 휴대폰이 울렸다. 아빠가 소리쳤다.

"너, 집에 가면 혼날 줄 알아!"

시내는 무서워서 다시 집에 갈 수 없었다.

"아빠와 떨어져 살고 있니?"

"네, 아빠는 버스 운전을 했어요. 몇 년 전부터 부당해고로 투쟁하고 있어요."

시내는 어릴 때부터 집안 형편을 살피며 집안일을 도왔다. 주말이나 방학이면 아빠의 투쟁 현장에 가끔 따라서 가기도 했다. 지금 서울에 거주하는 아빠는 언니와 반지하에 살고 있다. 열아홉 살인 언니는 취업 프로그램 위탁 교육을 받았다. 엄마는 집에서 전화 상담 일을 했다. 시내는 매일 등교 전에 여섯 살 여동생에게 밥을 먹이고 유치원에 데려다 주었다.

"중학교 때부터 아르바이트해서 용돈을 벌어 썼어요."

시내는 무단결석이나 조퇴는 없었다. 집안 형편을 먼저 생각하며 엄마, 아빠에게 도움이 되려고 노력하는 아이였다. 케이는 시내의 엄마에게 전화를 걸어 안전을 전했다. 시내는 엄마와의 통화를 끝내 거부했다. 새벽 1시 50분경이었다.

"선생님, 아침에 집에 가서 교복 갈아입고 학교에 가고 싶어요."

"그래, 그렇게 하자. 잠은 조금이라도 자야 해."

시내는 희미하게 웃었다. 케이는 학교가 뭐라고 기를 쓰고 가려고 할까 생각했다. 시내는 새벽까지 잠을 이루지 못했다. 케이는 아이를 내쫓고 걱정하고 있을 엄마를 생각했다. 마음이 편치 않았다. 엄마인데, 어른인데 아이를 내몰 수밖에 없었는지. 그 방법밖에 없었는지 씁쓸했다. 아침에 시내가 물었다.

"선생님, 집에 가서 같은 상황이면 다시 와도 되나요?"

"그럼 와도 돼. 도움이 필요하면 전화해."

시내는 아침 7시에 쉼터에서 출발했다. 집에 들러 교복을 입고 학교에 갔다. 케이는 시내에게 학교에 도착했다는 문자를 받았다. 시내는 다른 날처럼 방과후에 아르바이트를 마치고 귀가했다.

케이는 큐에게 이메일을 썼다.

큐에게

자신의 삶을 직면하는 아이를 봤습니다. 아이는 부모와 떨어져 살기를 원하지 않습니다. 알아주지 않아 서운하고, 폭력이 두려울

뿐입니다.

큐는 무엇이 중요해서 이 아이를 외면하나요?

케이.

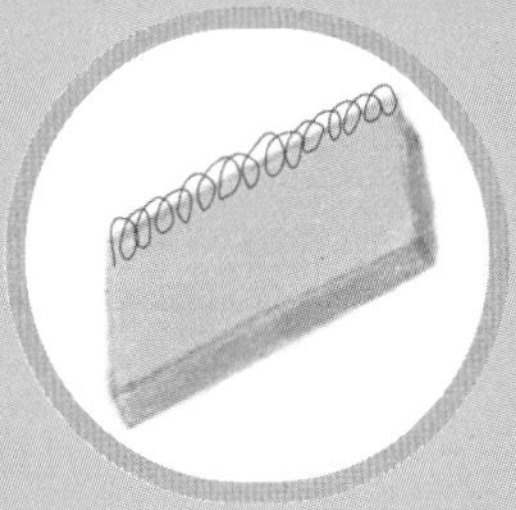

다래 이야기

아이는 자기 삶을 쉽게 포기하지 않는다. 제멋대로 살고 싶은 아이는 없다. 많은 아이가 가정에서 좋은 습관을 배우기 전에 방황을 시작한다.

쫓겨남

"다래야, 자퇴한 이유가 뭐야?"

"수능을 빨리 보고 대학에 가려고요. 수의학과에 가고 싶어요."

다래가 또박또박 대답했다. 목소리가 단호했고 의지가 느껴졌다. 케이는 당찬 대답을 들으며 생각했다.

'무슨 일이 열일곱 살 아이의 마음에 이런 생각을 심었을까?'

케이는 말했다.

"다래야, 쉼터엔 수많은 아이가 입소하고 퇴소하는데, 너처럼 분명한 대답은 처음이다. 나는 네가 특별하게 느껴진다."

다래는 다섯 살까지 외할머니가 키웠다. 열 살까지는 자주 다투는 엄마 아빠와 살았다. 엄마 아빠가 다툴 때 다래는 의지할 곳이 없었다. 무섭고 지독했던 다툼은 다래가 열 살이 되면서 끝났다. 아빠 엄마는 이혼했다. 다래는 엄마 아빠가 왜 이혼했는지 알 수 없었다. 하지만 그 영향은 고스란히 감당할 수밖에 없다. 부모의 보호를 더는 기대할 수 없게 되었고, 이혼 이전에 응석 부리고 떼쓰던 모습으로 돌아갈 수도 없다. 아직 어렸지만 혼자서 살아야 한다고 생각했다.

부모의 이혼 후 친할머니와 살았다. 건설업을 하는 아빠는 집에 없는 날이 있는 날보다 많았다. 지금까지 사랑이나 인정을 받았던 기억이 없다. 할머니와 아빠는 사소한 일들을 지적하며 다래를 야단쳤다. 다래는 절망감을 잊기 위해서 공부에 매달렸고 그럴 수 없을 때는 교회에 나갔다.

"마음을 기댈 곳이 없어서 많이 힘들었겠구나."

"네, 교회에 가면 친구도, 선생님도 제 이야기를 잘 들어주었어요."

늘 혼자였던 다래는 친구를 따라서 교회에 갔다. 이단으로 알려진 교회였다. 다래는 그곳이 정통인지 이단인지 몰랐다. 그곳에는 단지 따뜻한 위로가 있었다. 친구와 선생님은 집에서 얻지 못하는 관심을 줬다. 교회는 외로움을 지키는 안식처였다. 할머니와 아빠는 다래가 교회 가는 것을 가로막았다.

어느 날, 할머니는 다래를 미행했다.

"이단 교회는 안 된다."

아빠는 교회에 가면 끝이라고 협박했지만 듣지 않았다. 오래지 않아 아빠는 다래가 몰래 교회에 나가는 것을 알게 되었다.

"그래서?"

"아빠가 집을 나가라고 했어요."

다래의 목소리는 떨렸다. 짐을 챙기는 동안 할머니와 아빠는 다래를 붙잡지 않았다. 집에서 뛰쳐나왔지만, 거리는 막막했다. 갈 곳이 없었다. 어두워진 기차역 대합실에 앉아 어디로 가야 하나 고민했다. 학교에서 받았던 교육을 떠올렸다. 청소년이 위급시에 도움 요청할 수 있는 곳, 청소년상담전화 1388을 기억해냈다. 센터에 도움을 청했다. 센터는 다래를 쉼터로 보냈다.

"쉼터에서 무엇을 하고 싶니?"

"시간을 아껴 검정고시로 고등학교 졸업하고 바로 수능을 보려고요."

"그래, 좋은 생각이다."

다래는 건설 현장을 떠도는 아빠로부터는 그 어떤 보호도 받을 수 없다고 생각했다. 세상에서 혼자라고 느꼈다. 다래는 부모로부터 받은 상처를 꿈으로 대체해 가는 중이었다.

방황

입소 후 다래는 쉼터의 아이들과 자주 어울렸다. 늦은 밤까지 놀았고 아침에는 늦게 일어났다. 아이들과 몰래 술을 마셨다. 케이는 다래의 상황에 개입했다. 지난 5개월을 글로 써 보고 마지막에는 깨달음이 무엇인지 적어 보자고 했다.

"다래야, 깨달은 게 뭐야?"

"시간, 돈 낭비요. 술은 도움이 되지 않았어요."

"그랬구나. 태어난 지 몇 년 되었니?"

"17년요."

"계획대로 하고 있다고 생각하니?"

"아니요. 머리는 해야지 하는데 다른 행동을 하고 있어요."

다래는 자기가 한 말에 놀라면서 머뭇거렸다. 케이는 쉼터에서 꿈을 이루고 독립한 남주에 대해 이야기했다. 남주는 다래보다 언니이자 멘토였다.

"여기는 작은 우물이다. 남주 언니처럼 웃으며 독립해야지."

"네, 휩쓸리기만 했어요. 시간을 의미 없이 낭비했어요."

"4월이면 검정고시인데, 남은 시간이 충분할까?"

"아니오."

"이제 어떻게 할래? 1년 후, 4년 후, 너는 어떻게 살고 싶어?"

"……."

"다래야, 다시 시작하자."

다래의 눈은 자신감을 잃고 흔들렸다. 케이는 다시 시작하자고 했다. 다래 같은 아이를 돕기 위해 케이가 쉼터에 있다고 말했다. 케이는 다래가 처음처럼 결의에 찬 눈빛을 찾기 바랐다.

흔들림

다래는 검정고시에 도전했다. 공부를 시작하기까지 오랫동안 방황했다. 공부 과정에서 인내와 포기 사이를 오갔다. 케이가 물었다.

"다래야, 오늘 공부 시간을 조금 더 늘렸니?"

"네, 참고 앉아 있느라 힘들었어요."

"그랬구나. 스스로 대견하지?"

"네."

케이는 자신의 학창 시절을 회상했다. 가난한 집에서 태어나 변변한 기회를 잡지 못했다. 공부가 가난을 벗어나는 희망이었다. 다래에게 물었다.

"넌 공부해서 어디에 쓸래?"

"우선 검정고시 봐서 고등학교를 졸업하고 싶어요. 다음은 대학 가고 싶어요."

"하고 싶은 것은?"

"수의학인데 경쟁률과 등급이 높아서 고민하고 있어요."

다래가 다시 시작한 공부가 어렵다며 자신감을 잃었다. 케이는 말했다.

"살면서 여러 문을 만나게 되는데, 공부는 너에게 새로운 기회를 주고 다른 세상과 연결해 줄 거야."

다래는 고개를 끄덕였다.

케이는 생각했다. 아이는 자기 삶을 쉽게 포기하지 않는다. 제멋대로 살고 싶은 아이는 없다. 많은 아이가 가정에서 좋은 습관을 배우기 전에 방황을 시작한다. 방황하는 아이에게 독립할 힘이 되어 주는 곳이 쉼터다. 습관을 새롭게 형성하는데 6개월, 1년, 2년이 필요하다. 작은 일조차 반복하고 포기하지 않을 때 가능하다. 열에 아홉의 아이는 그 반복을 견디지 못한다. 직업 훈련을 받다가 중도 포기하고 도망친다.

셀프 충전

다래가 급히 화장실로 뛰었다. 10분이 지나도록 구토가 멈추지 않았다. 화장실에서 기운 없이 나오더니 곧장 방으로 갔다. 얼마 후 케이는 다래를 불렀다.

“다래야, 노트, 볼펜 가지고 사무실에서 보자.”

“네.”

“요즈음 뭐가 힘들지?”

“읽고 있던 책이 제 이야기처럼 생각되었어요.”

다래는 눈물을 뚝뚝 흘렸다.

“내면 어른이 내면 아이를 돌보지 않으면 계속 상처를 받게 되고, 쌓였던 상처가 곪아 터지게 되는데, 제가 스스로 그렇게 살아왔다는 것을 알았어요.”

다래는 이제 열여덟 살이었다. 엄마, 아빠를 원망했지만, 자신도 다를 게 없다는 것을 깨달았다. 다른 사람의 시선을 의식하고 눈치를 살폈다. 잘 보이려 노력하느라 상처받는 내면 아이를 모른 척했다. 케이는 다래가 대견했다.

“다래야, 네가 부럽다. 선생님은 서른 살이 넘어서 깨달은 것을 너는 열여덟 살에 알게 되었구나. 내가 나를 인정해 주고 사랑해 주면 내 삶은 어떻게 변화될까?”

“남들 눈치볼 필요가 없어요. 끌려다니지 않을 테니 마음도 편안해지겠죠.”

“그래. 어떤 상황에서든, 조금 흔들려도 나답게 당당해질 수 있겠지.”

다래가 눈물을 멈추고 웃었다. 케이도 웃으며 생각했다.

‘아이가 자기 삶을 스스로 책임졌다. 다래는 너무 일찍 어른

이 되었다.'

다래는 도움이 필요했다. 케이는 글쓰기를 제안했다.

"셀프 충전이요?"

"충전 방법으로 글쓰기가 있어. 사람은 흔들리지 않고 살 수는 없어. 덜 흔들리는 방법을 배워 보자."

케이는 책상 위에 노트를 펼쳤다. 다래에게 조금 전 감정을 써 보자고 했다. 처음에는 머뭇거렸다. 몇 문장을 쓰더니 점차 몰입했다.

"쓰고 나서 기분이 어때?"

"뭔가 정리가 되고 기분이 가라앉았어요. 말씀하신 대로 셀프 충전이 되나 봐요."

케이는 다래가 자기감정을 알아차리길 바랐다. 글쓰기로 마음이 편해지기를 소망했다.

"다래야, 셀프 충전은 매 순간 가동해야 한다."

"네, 선생님."

돈

"다래야, 오늘도 고생했어."

다래가 아르바이트를 끝내고 귀가했다. 매고 들어온 검정 가방이 어깨를 심하게 눌렀다. 케이는 가방을 들어봤다. 가방은 아이에게 너무 무거웠다. 그 무게가 다래에게 말을 자꾸 건네게 했다. 다래는 가스레인지 위에 냄비를 올렸다. 물이 끓어오르자 봉지 속 하얀 면을 냄비에 넣었다.

"다래야, 서울 학교는 어땠어?"

"마음에 드는데 모아 둔 돈이 모자라서 올해는 입학할 수 없을 것 같아요."

수업료만 500만 원이 넘었다. 내년 입학인데 수업료를 미리 납부해야 했다. 홀로 서는 아이에게는 너무 큰 돈이었다. 열여덟 살인 다래는 아직 시간이 있다. 케이는 면을 끓이는 다래 곁에 함께 섰다. 다래가 말을 이었다.

"1년쯤 일하려고요. 6월에 바리스타 자격을 취득하면 좀 더 모을 수 있어요."

"그래 잘 생각했다. 넌 아직 열여덟 살이잖아."

"네, 제가 너무 급하게 생각했어요. 저는 빨리 학교를 졸업하고 돈을 벌고 싶었거든요."

"실망하지 말자. 방법이 있을 거야."

현실은 늘 돈과 결부된다. 돈은 열여덟 살 아이도 비껴가지 않았다. 다래는 그 현실 앞에서 좌절하지 않았다. 방법을 찾았고 밀고 나가기로 했다. 여전히 흔들림이 다래 곁에서 어른거렸다.

"돈 생각하면 힘이 빠져요. 어차피 끝은 죽음이잖아요?"

"다래야, 그 끝까지 가는 게 삶이지. 너는 어떻게 살고 싶어?"

"아무렇게나 살 수는 없지만 …… 이렇게 돈만 벌다가 죽을 것 같아요."

열여덟 살 아이가 돈 앞에서 죽음을 생각했다. 케이는 다래에게 미안했다. 부모가, 어른이, 사회가 열여덟 살 아이에게 대학 등록금 앞에서 죽음을 생각하게 했다. 케이는 긴 숨을 내쉬면서 말했다.

"행복한 끝맺음은 후회하는 끝맺음과 어떤 차이가 있을까?"

"알지만 그냥 기운이 빠져서 저도 모르게 한 생각이에요."

"잊지 않아야 해. 소중한 가치를 선택했고 끝까지 해낼 수 있다는 것을. 힘내자."

케이는 힘내자는 말이 다래에게 무슨 위로가 될까? 의심했다. 다래에게 라면을 대신 끓여 주는 편이 낫지 않았을까? 생각했다. 케이는 자신이 현실이라는 벽 앞에서 무너졌던 오래된 기억을 떠올렸다. 죽음을 생각했었다. 한 번뿐인 내 인생 시계를 내가 선택하겠다는 다짐과 함께. 다래가 발을 끌며 자기 방으로 갔다.

시급

다래는 매일 새벽까지 공부했다. 검정고시의 장학금 신청점

수가 목표였다. 낮에는 정부가 지원하는 바리스타 훈련에 참석했다. 오후에는 시급도 제대로 쳐주지 않는 아르바이트를 했다. 주말이면 편의점에서 일했다. 저녁과 늦은 밤에 공부했다. 케이는 다래가 걷고 걷는 쳇바퀴를 지켜봤다. 계절이 바뀌는 어느 날 검정고시 점수가 나왔다.

"다래야, 조금 아쉽구나."

"그래도 장학금 기준은 통과했으니 만족해요."

다래는 그렇게 꿈에 다가섰다. 케이를 껴안은 다래는 떨리는 목소리로 말했다.

"시급을 제대로 받을 수 있는 일을 하고 싶어요."

케이는 큐에게 이메일을 썼다.

큐에게

저는 열여덟 살 아이에게 미안했습니다. 열여덟 살 아이가 대학 등록금 앞에서 죽음을 생각했습니다. 아직 피지 못한 아이에게 어른과 세상은 무관심했습니다.

수많은 아이가 죽음을 생각할 때 큐는 무엇을 하시나요?

케이.

그가 사는 방식

희진 이야기

너무 어려서 받은 충격과 상처는 아물기도 전에 다른 상처로 이어졌다. 끝없이 의심하고 방황했다. 아직 피지도 못한 영혼이 벌써 시들고 있었다.

입소

"삐리리리, 삐리리리, 예, 쉼터입니다."

23시 04분.

전화기를 들면서 케이는 시계를 봤다. 밤 11시 이후 전화는 항상 불길했다. 습관처럼 메모장에 시간을 적었다.

"1391 아동학대 긴급신고 사례 관리팀입니다. 가출한 아인데 하룻밤 잘 수 있을까요?"

1391은 청소년상담전화 1388에 먼저 문의했다. 1388은 코로나19 상황인 데다가 입소 정원이 넘쳐서 불가능하다고 했다. 1391은 이어서 청소년쉼터에 전화했다. 1391은 아이의 자세한 상황을 모르고 있었다. 최초의 신고자인 아이의 아는 언니인 태림의 연락처를 알려줄 뿐이었다. 케이는 태림에게 전화했다.

23시 20분.

태림과 아이가 쉼터에 도착했다. 케이는 입소 상담을 진행했다. 아이의 이름은 희진, 나이는 열네 살이었다. 부모는 사망했고, 교육은 초등학교 자퇴였다. 태림은 열아홉 살이고 주소는 인천이었다. 태림과 희진은 가출한 청소년들의 모임인 '가출팸'에서 서로를 알게 되었다. 사회관계망 가출팸은 범죄조직으로 강력 범죄의 온상이었다.

케이는 희진의 최근 2주간 이동 경로를 물었다. 희진은 K시 경찰서에서 성추행 관련 사건으로 조사를 받았다. 조사가 끝나자 보호자가 필요했다. 마침 인근 도시에서 출장 중인 태림에게 연락했다. 태림은 보호자로 서명하고 희진을 경찰서에서 데리고 나왔다.

"모텔 투숙은 희진이 미성년이어서 거부당했어요. 찜질방 역시 어려웠어요."

태림은 1391에 연락해서 도움을 청했다.

쉼터에 입소하려면 PCR 코로나 검사를 해야 했지만, 검사를 받기에 늦은 시간이었다. 희진은 긴급보호로 분류되어 입소했다. 절차를 정리하면서 케이는 태림의 이야기와 기록을 재확인했다. 이야기는 몇 가지가 의심스러웠다. 통화에서 자신이 성인이고 남편이 있다고 했는데, 서류에는 열아홉 살이었다. 열아홉 살 여자가 무슨 일로 혼자 출장을 왔을까?

"희진아, 쉼터에 있으면서 잘 생각해 보고 오빠에게 연락해."

태림이 말하는 오빠라는 인물은 희진과 어떤 관계일까? 처음 통화에서 태림은 하루 쉴 곳을 찾는다고 했는데, 상담 중에는 최대 며칠까지 머물 수 있는지 물었다. 케이는 가출팸과 연루된 희진의 입소에 관해 의문이 많았다.

23시 58분.

자정이 되어서 입소 절차가 끝났다. 케이는 코로나 검사를 받지 않은 희진을 격리된 방으로 안내했다. 사무실로 돌아온 케이는 1391에 지금까지 상황과 의심스러운 점을 전달했다. 1391은 날이 밝으면 추가 상담을 위해 쉼터에 방문하겠다고 했다.

다음 날 희진은 종일 격리된 방에서 나오지 않았다. 아침 식사도 방에서 하고 다시 잠을 잤다. 외출은 없었다. 희진의 격리는 다음 날에도 계속되었다. 케이는 희진과 대화를 시도했다.

"퇴소하고 싶어요."

입소한 지 일주일 될 무렵 희진은 말문을 열었다.

희진은 열 살 때 아동학대로 분리되어 사회복지시설과 거리를 떠돌았다. 열한 살 때 엄마, 아빠는 자살했다. 부모의 자살은 자녀들의 정신과 신체를 무자비하게 관통했다.

"충격으로 작은 오빠는 정신병원에 입원했어요. 큰오빠는 연락을 끊었어요."

희진은 거리에서 부모의 죽음을 알았다. 열 살 때부터 시설에서 아이들로부터 따돌림, 속임수, 욕설, 폭력을 배웠다. 지난 일주일은 새 환경이 두려워서 방 밖으로 나올 수 없었다. 거리에서는 방황과 조건만남의 반복이었다. 너무 어려서 받은 충격과 상처는 아물기도 전에 다른 상처로 이어졌다. 끝없이 의심하고 방황했다. 아직 피지도 못한 영혼이 벌써 시들고 있었다.

"희진아, 함께 밥 먹자!"

"응."

쉼터 아이들이 희진을 위해 밥을 준비했다. 희진은 머뭇거리며 희미하게 웃었다. 대답은 짧았다. 눈에는 어색한 경계가 스쳤다. 케이는 소망했다. 희진이 먼저 웃고 까부는 날이 오기를. 쉼터의 다른 아이와 함께하기를. 케이는 서로에게 따뜻함이 되어 주는 아이들을 봤다. 이럴 때 케이는 아이들에게 속상했던 기억을 잊는다. 그릇에 수북하게 담긴 밥알처럼 온기가 되어 주던 저녁이 끝나고 아이들은 각자의 방으로 돌아갔다.

보호처분

K시 경찰이 희진의 성추행 사건으로 전화했다. 경찰은 케이

에게 사건의 요약을 전달했다. 희진이 SNS로 알게 된 남성을 만나러 K시에 왔다. 남성은 희진을 자기 집에 재웠다. 성추행이 있었다. 희진은 합의금으로 200만 원을 요구했다. 남성은 돈을 주지 않았다. 돈을 받지 못하자 희진이 남성을 성추행으로 신고했다.

"사건 당시 남성은 스물세 살, 희진은 열네 살. 남성은 아동청소년의 성보호에 관한 법률 위반입니다."

미성년과 성행위는 현행법상 범죄다. 경찰이 조회한 희진의 기록은 다른 청소년들의 범죄 기록을 압도했다. 성 관련 사건은 상습적이었고 보호처분 대상이었다. 경찰은 희진의 담당 변호사에게 서둘러 처리를 부탁했다.

케이는 경찰의 이야기를 들으면서 상담 내용을 생각했다. 희진은 초등학교 이전부터 폭력 속에서 살았다. 엄마는 술집을 운영했다. 아빠는 하는 일 없이 술을 많이 마셨다. 매일 술 취해서 엄마를 때렸다. 엄마는 아빠를 미워하면서도 떠나지 못했다. 희진은 갈 곳이 없어 술집에서 자랐다. 술 취한 사람들 사이에서 저녁이 지나고 밤이 되었다. 그곳의 폭력을 몸으로 익혔다. 익힌 폭력은 그대로 그의 모습이 되었다.

초등학교 때 왕따가 된 이유도 거친 욕설과 폭력 때문이었다. 학급 아이들은 희진이 무서워서 피했다. 아이들과 어울리지 못했다. 하는 짓은 야비했다. 술판에서 벌어지는 악다구니와 닮았다. 희진이 열 살 때 아빠의 폭력이 심했던 어느 날 엄마 아빠와 분리되었다. 그 후 쉼터, 육아원, 그룹홈을 떠돌았다. 어린 희진은 아무렇지 않게 시설 아이들의 습관과 성질을 배웠다. 거리에서 살기에 가장 유리한 방식으로 발달했다. 방식에는 어떤 가치나 사회규범도 없었다. 정글에서 살아남는 맹수와 다르지 않았다. 교활하고 간결하고 날카로웠다.

희진이 열한 살 때 엄마, 아빠는 자살했다. 희진은 부모의 죽음을 나중에 알았다. 열두 살부터 조건만남을 했다. 조건만남은 생존을 위한 돈벌이 수단이었고 폭력, 사기, 착취, 질병, 임신으로 이어졌다. 마음속에는 채워지지 않는 허전함이 목마름처럼 남았다. 희진은 지푸라기를 잡는 심정으로 의지할 사람을 찾았다. 어린 그를 따뜻하게 안아 줄 보호자가 필요했다. 아무도 곁에 없었다. 잠시라도 타인의 체온을 느끼는 조건만남은 허망했지만 멈출 수 없었다. 조건만남은 게임이나 SNS를 통해서 전국으로 이뤄졌다.

케이는 긴 숨을 쉬고 경찰에게 쉼터의 상황을 전달했다. 희진은 12월 10일에 입소 후, 일주일간 방에서 나오지 않았다. 16일에 쉼터의 다른 아이와 처음 인사했다. 쉼터에서 코로나19 때문에 무단 외박, 무단 외출은 금지였다. 희진은 방에서 나온 이후 무단 외박이 자주 이어졌다. 한 번 나가면 3일에서 7일까지 외박했다. 무단 외출은 셀 수 없었고 쉼터의 규칙은 무의미했다. 쉼터는 일탈을 막을 수 없었다. 케이는 보호관찰소에 전했다.

"희진의 잦은 무단 외박이 다른 입소생들에게 영향을 줍니다."

희진의 보호처분은 수강명령과 보호관찰의 병행이었다. 성교육 수강과 월 2회 보호관찰소를 출석해야 했다. 계획은 검정고시를 보고 자립한다고 했지만 실행되지 않았다. 희진은 선생님들의 조력을 잔소리와 질타로 생각했다.

"희진아, 언제까지 이렇게 살 수 없잖아!"

"관심 있는 척 역겨워. 내 인생은 내가 살 거니까! 신경 꺼!"

전진은 어려웠고 후퇴는 쉬웠다. 수많은 사건과 사고 후 열다섯 살 희진은 남도에 위치한 쉼터로 이관되었다. 케이는 큐에게 이메일을 썼다.

큐에게

아이는 술집과 시설에서 생존 방식을 배웠습니다. 관계와 덕목을 배울 기회가 없었습니다. 그를 보면서 어른의 무책임이 무엇인지 돌아봅니다.

참담하고 부끄러운 날입니다.

케이.

한밤에 머리 감기기

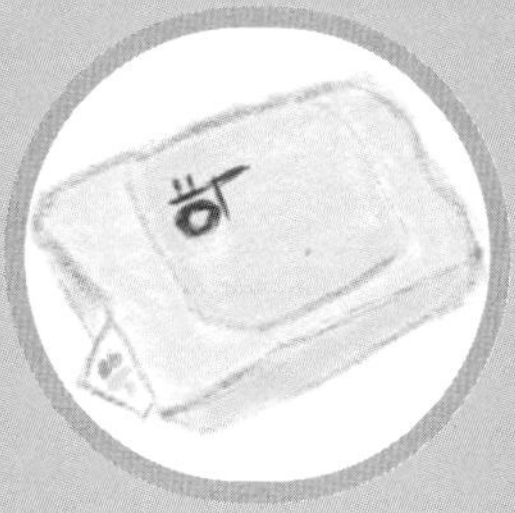

나연 이야기

외침은 소리가 되지 못했다. 뒤척이던 나연의 몸은 온통 땀으로 젖었다. 도망치려 할수록 깊은 수렁 속으로 빨려 들어갔다. 몸부림칠수록 발목을 조여 왔다.

탈출구

'안 돼!'

외침은 소리가 되지 못했다. 뒤척이던 나연의 몸은 온통 땀으로 젖었다. 도망치려 할수록 깊은 수렁 속으로 빨려 들어갔다. 몸부림칠수록 발목을 조여 왔다. 벗어날 수 없었고, 힘겹게 깨어나도 다시 잠들기 어려웠다. 겨우 눈을 감으면 같은 꿈이 반복되었다. 잠을 잘 수 없는 날이 며칠씩 반복되었다. 눈 밑은 퀭하고 메말라 푸석거렸다. 표정 없는 얼굴은 창백했다.

나연이 태어난 직후 엄마, 아빠는 이혼했다. 이혼 후 나연은 친아빠를 만난 적이 없다. 나연이 세 살 때 엄마가 재혼했다. 엄마와 새아빠 사이에서 여동생과 남동생이 태어났다. 한동안 엄마, 새아빠, 여동생, 남동생과 살았다. 나연은 동생들을 친동생처럼 생각했다.

나연이 열 살, 초등학교 3학년 여름방학이었다. 무더운 어느 날, 나연은 집에서 혼자 책을 읽고 있었다. 엄마는 일 나가고, 동생들은 동네 아이들과 놀았다. 새아빠는 일찍 귀가했다. 그날 그 남자는 나연을 만졌다. 무서웠지만 꼼짝할 수 없었다. 무덥고 이상한 날이었다. 그 후 그 남자는 나연을 자주 만졌다. 저항하는 것은 불가능했다.

"다른 사람에게 말하지 마!"

나연이 갖고 싶은 물건을 사 줬다. 나연은 인형, 가방, 운동화가 좋았다. 다른 아이가 갖지 못하는 물건이 좋아서 아무에게도 말하지 않았다. 큰일난다고 해서 말하지 않았다. 그래야 한다고 생각했다.

나연은 오래지 않아 뭔가 잘못되었다고 생각했다. 부끄러웠다. 말하지 말라는 말이 귓가에 맴돌았다.

'어떡하지?'

나연은 고민했다.

"아빠가……."

엄마와 둘이서 마트에 가던 날, 엄마에게 머뭇머뭇 말했다.

"누구한테 말했어?"

엄마는 추궁하듯이 물었다. 엄마 얼굴은 믿을 수 없다는 듯 차갑게 일그러졌다.

"다른 사람에게 절대로 말하지 않을게."

나연은 약속했다. 백짓장처럼 구겨진 엄마 얼굴에서 흐르는 눈물은 나연의 입을 닫게 했다.

"다시는 하지 마."

엄마는 나연이에게 거듭 다짐시켰다. 엄마는 그 남자에게 아무 말도 하지 않았다. 그 후에도 그 남자는 틈만 나면 나연을 짓눌렀다.

"우리 딸, 가만히 있어."

"안 돼!"

나연은 피하려 했다. 그 남자는 힘으로 강제했고 감당할 수 없었다. 엄마는 점차 이성을 잃었다.

"네 탓이야! 나쁜년!"

"잘못했어요."

분이 풀리지 않은 엄마의 폭언은 점점 거세졌다. 욕하면서 몰아붙일 때마다 나연은 억울한 잘못을 빌었다. 그 남자가 나연을 덮친 후에는 엄마가 나연을 때리기 시작했다.

"꺼져! 너만 없으면 돼!"

엄마는 때리면서 집에서 나가라 했다. 엄마는 나연만 없어지면 해결될 거로 생각했다. 나연은 집에서 나오는 것이 두려웠다. 갈 곳이 없었다. 그 남자는 멈추지 않았고, 엄마도 멈추지 않왔다.

'어디로 갈까? 학교는 어떻게 하지?'

나연은 의지할 다른 가족이 아무도 없었다. 어찌할 바를 몰라 친구를 찾았다. 무서워 말문을 열 수가 없었다. 겨우 말문을 열었지만, 친구도 아는 것이 없었다. 친구가 나연을 대신해서 학교 선생님과 상담했다. 상담 후 선생님은 아동보호전문기관에 신고했다. 신고하자 아동보호전문기관은 나연을 긴급보호 대상으로 격리했다. 나연은 열아홉 살이었다. 더는 학교에 갈 수 없었다.

2차 가해와 후폭풍

그 남자에 대한 재판이 시작되었다. 과정은 인정이 없고 모질었다. 나연은 사람 만나기가 두려웠다. 항상 수치심을 느꼈다. 동생에게는 미안했다. 그 남자가 죽기를 바랐다. 까닭 모르는 죄의식에 사로잡혔다. 모든 감정이 동시에 날뛰었다. 땀에 젖어 깬 잠은 다시 이룰 수 없었다. 잠이 들어도 악몽의 끝없는 반복이었고 며칠씩 잘 수 없었다. 자해의 충동과 죽음의 그림자가 주변을 어른거렸다.

엄마는 법정 진술에서 그 남자의 성폭력을 몰랐다고 했다. 엄마는 나연이 동생과 어울리지 못하게 했다. 밥도 함께 먹을 수 없었다. 재판부가 선고하기 전에 엄마와 나연은 심하게 다투었다.

"꺼져 버려! 사라지란 말이야!"

엄마는 나연에게 매정하게 말했다. 아빠와 엄마에게 버림받은 나연은 모든 것이 두려웠고 아무것도 할 수 없게 되었다. 세상에 의지할 사람이 없어 외롭고 서러웠다. 나연은 케이와 상담하고 쉼터에 입소했다.

유난히 무덥고 길었던 여름이 지나고 나무가 잎을 떨구는 계절이 왔다. 1심 재판부는 그 남자에게 12년 징역형을 선고했다. 선고 다음 날 엄마가 쉼터로 찾아왔다. 나연은 만나지 않겠다고 했다. 엄마는 돌아가지 않고 기다렸다. 보다 못한 케이는 나연에게 만나기를 권했다. 엄마는 눈물을 흘리며 말했다.

"나연아, 어린 동생들을 위해서야."

"제가 받은 상처는요?"

엄마는 나연에게 탄원서를 요구했다. 재판부에 제출하여 감형을 받으려 했다. 나연은 거절했다. 포기할 수 없었던 엄마는 나연을 설득하고, 협박하고, 애원했다. 끈질긴 실랑이 끝에 나연은 탄원서를 썼다.

"동생들은 아무 죄가 없어요."

나연은 동생들을 위해 자신이 할 수 있는 막지막 일이라 생각했다. 탄원서 덕분인지 2심 재판부는 1심의 12년을 9년으로 감형했다. 나연은 그 남자가 교도소로 가는 모습을 보지 않았다.

재판의 후유증은 컸다. 남은 것은 아픈 몸과 텅 빈 마음뿐이었다. 죽고 싶었다. 죽을 방법만 생각했다. 먹기와 자기를 멈췄다. 케이는 어둠 속 나연을 지켜볼 수 없었다.

"나연아, 살아야지. 어떻게든 살아내야지."

케이는 나연에게 먹기를 권했다. 붙들고 눈물을 흘렸다. 끊임없이 뭔가를 이야기했다. 그러나 나연의 마음에 닿는 말은 한마디도 없었다.

해바라기센터, 아동보호전문기관, 그룹홈 등을 다니면서 상담을 받았다. 가는 곳마다 떠올리기 싫은 성폭력에 관련된 질문을 반복했다.

"어렵겠지만 다시 이야기할 수 있겠어?"

"제발, 나를 내버려둬요!"

상처에 고름이 차올라 흐르고 있었다. 고름을 짜내야 한다고 했다.

그 남자의 말이 시시때때로 귓속에서 쟁쟁거려 불안했다. 불안이 걷잡을 수 없이 커지다가 숨이 꽉 막혀 왔다. 경련이 온몸을 집어삼킬 듯 가슴을 조여 왔다. 떨림이 잦아들 때까지 거친 숨을 내뱉어야 했다. 공포가 휘몰고 지나간 나연은 한동안 움직일 수 없었다. 낯선 사람을 만나거나 사람이 많은 곳을 피하게 되었다.

"다시는 연락하지 마!"

돈이 필요해서 엄마에게 전화했지만, 없다며 거절했다. 엄마는 나연의 보호자가 아니었다. 신경정신과에 2달간 입원했다. 몸이 자주 아팠다. 갑상선저하증, 비염, 부정맥 진단을 받았다. 일주일에 한 번 병원에 가야 했다. 알지 못하는 약을 한 움큼씩 계속 먹었다.

사후외상증후군

나연의 머리는 짧은 숏컷에 목소리는 굵고 낮았다. 쉼터 아이들이 아이돌과 닮은 나연을 좋아했다. 나연은 다른 아이의 요구를 쉽게 거절하지 못하는 순하고 약한 성격이었다. 따뜻한 애정에 목마른 아이들은 나연을 좋아했다. 어떤 아이는 나연의 호의를 사랑이라고 오해했다.

쉼터에서 같이 사는 단비가 나연에게 말했다.

"승희가 야동을 보면서 자위를 했는데, 너와 섹스를 상상했데."

나연은 온몸의 피가 순식간에 빠져나가는 듯했다. 몸은 꼼짝할 수 없었고 심장은 터질 듯 빨라졌다. 움켜쥔 두 손이 거칠게 떨렸다. 경련이 숨통을 조여 왔다. 자해하고 싶은 충동을 겨우 참아내고 케이에게 도움을 요청했다.

"쾅쾅쾅! 선생님, 죽을 것 같아요."

케이는 가쁜 숨을 쉬며 떨고 있는 나연을 발견했다. 나연은 가슴이 답답했다.

"나연아, 무슨 일이야?"

"승희가, 헉헉, 승희가…."

케이는 물을 먹이고 떨고 있는 손을 잡아 주었다.

"승희가 절 좋아한데요."

나연을 좋아하던 승희는 사랑을 고백했다. 성폭력 외상후증후군을 겪고 있는 나연에게는 감당하기 어려운 일이었다. 어린 시절 그 남자의 말은 낮, 밤을 가리지 않고 나연을 괴롭혔다. 소름 돋는 목소리는 나연의 머릿속을 파고들어 떠나지 않았다.

"죽으면 모든 게 끝나겠지요."

나연은 끔찍하고 괴로운 순간을 잘라내고 싶었다. 사라지지 않는 기억 때문에 울부짖었다. 케이는 큐에게 이메일을 썼다.

큐에게

상처받은 아이는 어른이 다 되어서도 상처를 잊지 못합니다. 아이는 혼자 감당하기 어려운 시간을 홀로 견뎌냅니다.

아이에게 미안합니다.

케이.

한밤의 소동

아이들은 순간적인 감정에 이리저리 마구 흔들린다. 감정의 홍수에 빠져 자신을 잃어버린다. 쉼터는 23시에 귀가를 확인하고 소등한다. 소등과 함께 야간경비시스템이 작동한다. 하지만 소등시간은 좀처럼 지켜지지 않는다. 24시에 와이파이도 꺼진다. 전등과 인터넷이 멈춰도 밤이 되면 아이들의 영혼은 보름달처럼 환해진다. 아이들의 들뜬 목소리는 새벽까지 이어진다.

나연은 아이들 중에서 나이가 가장 많았다. 아이들의 언니였고 항상 다른 아이를 보호하는 마음이 앞섰다. 아이들이 어려움을 이야기하면 돕기 위해서 물불을 가리지 않고 앞장서곤 했다. 잘못된 일에는 단호함을 보였다. 잘못의 기준은 아이들 편이었다.

한편 나연은 자신의 상처를 내면에 묻어 두고 혼자서 끙끙거렸다. 불안과 우울 증상을 계속 보였다. 대학병원 정신신경과, 성폭력피해자치료센터의 치료는 효과가 없었다. 호흡이 자주 가빠지고 가슴이 답답했다. 답답함을 잠시 풀어 준다는 이유로 흡연에 집착했다. 새벽에 악몽을 깨어 견디기 힘들 땐 실내에서 담배를 피웠다. 쉼터 내 흡연은 금지사항이었다. 단비가 캔 맥주를 쉼터에 반입해 술을 마셨다. 음주도 쉼터에서는 금지했다. 아이들과 밖에서 어울리는 날에는 귀가가 늦었다. 술자리에서는 귀가 시간을 자주 잊었다. 쉼터 규칙 위반이었다.

01시 20분.

"바람 쐬고 싶어요."

조금 전까지 통곡하던 소현은 문을 열어 달라고 했다. 케이는 야간경비시스템을 풀고 문을 열어 줬다. 갑자기 아이들이 소현이 얻어맞을지 모른다며 우르르 몰려나갔다. 케이는 창문을 열어 밖을 확인했다. 쉼터 앞에서 서성거리는 남자 두 명을 발견하고 급하게 외쳤다.

"들어와! 경찰에 신고할 거야."

케이는 다급히 지구대에 신고하고 순찰을 요청했다. 남자 두 명은 아이들에게 쉼터에서 나오라고 협박했다. 케이는 아이들이 들어오자 문을 잠그며 물었다.

"대체 무슨 일이야?"

"씨발! 누가 말했어?"

소현은 들어오자마자 욕하면서 소리쳤다. 케이의 물음에 아무도 답하지 않았다. 아이들은 웅성거렸고 흥분은 쉽게 잦아들지 않았다.

01시 50분.

야간경비시스템 경보가 울렸다. 케이는 욕실에 숨어 있는 정아와 나연을 발견했다. 케이는 아이들을 방으로 돌려보냈다. 케이는 피곤했지만 잠을 이룰 수 없었다. 맑아진 정신으로 불

꺼진 천장을 응시했다. 왜 아이들은 이 밤에 불안해할까 생각했다.

02시 35분.

야간경비시스템 경보가 다시 울렸다. 나연, 정아, 소현, 혜원이 경비시스템을 뚫고 나갔다. 케이는 지구대에 출동을 요청했다. 네 명은 03시 12분에 돌아왔다. 아이들은 결과를 생각하지 않았다. 함께 느끼는 감정이 중요했고 타인의 침범을 절대 용서할 수 없었다. 사생결단을 내야 했다.

다음 날 직원회의가 소집되었다. 경비시스템을 뚫은 사건의 주체인 나연의 퇴소가 결정되었다. 쉼터는 나연의 악몽, 답답함, 자해 충동, 불안, 우울 등을 고려하여 국립중앙청소년디딤센터의 사후외상전문 상담과 치료를 권했다. 나연은 다른 시설에서 자신의 과거를 다시 말해야 하는 것이 너무 싫었다. 다른 시설보다는 자립을 고집했다.

어른 되기

퇴소하여 자립한 나연은 가끔 쉼터에 놀러 왔다. 나연에게 쉼터는 고향집 같은 곳이었다. 쉼터는 나연이에게 다양한 사건에 연루된 추억이 있었다. 퇴소 후에도 친구를 도우려는 상황은 계속되었다. 나연에게 자리를 권하면서 케이는 근황을 물었다. 나연은 아르바이트를 시작하고 담배를 끊었다고 했다. 케이는 대견하다고 생각하며 말했다.

"생활비는 어떻게 감당하지?"

"빚이 1,500만 원 있어요."

"어쩌다가?"

송이라는 여자아이가 있었다. 나연을 잘 따르던 송이는 남도에 있는 쉼터로 이관되었다. 어느 날 송이가 나연에게 렌터카를 빌려달라고 애걸복걸했다. 송이는 끊임없이 페이스북, 문자, 전화로 부탁했다. 마음이 약한 나연은 계속되는 문자가 버거웠다. 거절하기가 점점 힘들었다. 아르바이트를 쉬는 날 나연은 차를 빌렸다. 구름이 낮은 날이었다. 운전에 익숙하지 않았고 장거리 여행은 처음이었다. 남도 가는 길에 설렘과 걱정이 교차했다. 고속도로 휴게실을 출발할 때 굵은 비가 내리기 시작했다. 비에 가려 앞이 잘 보이지 않았다. 반쯤 먹은 핫바를 내려놓고 고개를 드는 순간 가드레일을 받았다. 차가 돌았다.

큰 사고는 아니었다. 사람이 다치지 않았다. 렌터카 회사는 수리비로 150만 원을 청구했다. 나연은 그런 돈이 없었다. 생활비, 공과금 등으로 카드는 한도를 넘었다. 대출을 알아보기 위해 오픈 채팅을 기웃거렸다. 거기서 어느 금융업체의 대출 담당이라는 사람이 대출을 도와준다고 한 모양이었다. 그런데 대출

금액이 커서 일부 선금을 먼저 넣어야 대출이 나온다는 거였다. 급한 마음에 친한 언니에게 800만 원을 빌려 입금했다. 하지만 대출은 나오지 않았다. 담당이라는 사람은 연락도 되지 않고 업체마저도 흔적을 감췄다. 경찰은 범인을 잡기 어렵다고 했다.

“제가 멍청했어요.”

나연은 자책했다. 미안했지만 언니에게 사정을 말하고 천천히 갚겠다고 했다. 나연은 취업하기로 작정했다. 아르바이트가 아닌 진짜 일을 원했다. 아무것도 할 줄 아는 것이 없었다. 정부가 제공하는 취업성공패키지 사업에 참여하기로 했다. 취업 수당과 기술 습득을 기대했다. 힘들어도 자해나 자살은 하지 않겠다고 다짐했다. 나연은 사고와 사기를 책임지기 위해서 정면 돌파를 선택했다.

분노

며칠 후 저녁 시간이었다. 제육볶음과 상추 쌈으로 쉼터 아이들이 왁자지껄 저녁밥을 먹는 중이었다. 그 소란을 뚫고 전화벨이 울렸다. 케이는 상추 쌈을 한 손에 들고 전화를 받았다.

“쉼터입니다.”

“선생님이세요? 저 나연인데요, 희진이 좀 잡아 주세요. 성희롱으로 신고해야겠어요."

전화 속 나연의 목소리는 무척 다급해 보였다. 참을 수 없는 분노로 떨고 있었다. 성희롱? 나연은 감당할 수 없는 일이었다. 나연이 두서없이 말을 쏟아냈다.

나연은 무단 외출한 희진이 잘 곳이 없다며 하룻밤을 부탁해서 문을 열어 줬다. 그날 밤 나연이 잠든 사이에 젊은 남자가 집에 들어와 나연을 성희롱했다. 남자는 희진의 배후에서 조건만남을 알선하는 남자였다. 나연이 말했다.

"제가 바보였어요."

케이는 질문했다.

"그래. 언제까지 이렇게 살 수 있을까?"

나연이 흐느꼈다.

"전 희진을 믿었어요."

케이가 물었다.

"선한 행동이 상처로 돌아오는 것을 여러 번 경험했잖아?"

나연의 괴로움은 대부분 타인을 돕다가 발생했다. 어찌할 바를 몰라 좌충우돌하고 휩쓸려 곤경에 빠졌다. 시간이 얼마쯤 지나면 상처는 희미해진다. 그러나 습관화된 상처는 끈질기게 물고 늘어져 나연을 무기력의 수렁 속에 빠트렸다.

"우리가 해결하자!"

그날 밤 나연의 상황을 알고 아이들은 거칠게 흥분했고 성희롱한 남자를 찾겠다고 한밤중에 무단으로 이탈을 했다. 케이는 경찰서에 실종 신고를 했다. 경찰은 위치 추적으로 일대의 모든 모텔을 탐문했다. 결국 아이들은 남자는 찾지도 못한 채 울면서 귀가했다. 아이들은 밀려오는 감정의 파도대로 움직였다. 귀가 후 얼마 지나자 좀 전까지 엉엉 울던 아이도 언제 그랬냐는 듯 고요했다. 왜 그랬는지는 알고 싶어하지도 않았다. 언니를 성희롱한 남자를 용서할 수 없다는 그 분노가 중요했을 뿐이었다.

머리 감기기

어둠이 밀려오는 시간이었다. 나연은 어깨를 축 늘어뜨리고 핼쑥한 얼굴로 쉼터 문을 열었다.

"선생님, 죽고 싶어요."

나연은 초점 없는 눈으로 어딘가를 응시하며 낮고 느리게 말했다. 지난 방문에 나연은 자살하지 않겠다고 다짐했었다. 케이는 생각했다.

'이 아이에게 또 무슨 일이 있었나?'

나연은 아이들과 하룻밤 자고 가겠다고 했다. 케이는 혼자 두는 것보다 낫겠다고 생각했다.

나연은 아이들과 밤이 깊도록 이야기하고 놀면서 기분이 좋아졌다. 초저녁에 쉼터 문을 열고 들어오던 나연과는 완전히 달라졌다.

"언니, 저 머리 감은 지 일주일 됐어요."

정아가 말했다.

"너, 안 되겠다. 따라와!"

나연이 정아를 일으켜 세웠다. 나연은 결벽증에 가깝게 청결이 중요했다. 쉼터에 살 때 아이들에게 제일 많이 하던 말은 씻고 살자였다. 나연은 고등학교 때 호스피스 병동에서 환자를 돌보는 일과 시체 닦는 일을 했다. 누군가를 씻기는 일은 귀하고 중요했다. 정아는 낮은 목욕 의자에 아이처럼 쪼그리고 앉았다.

"나연이가 엄마네!"

"샘! 저 일주일 만에 머리 감아요. 시원해요."

"남자친구는 알고 있어?"

"그럼요. 당연하죠."

"널 엄청 사랑하는가 보다."

케이와 정아가 가벼운 말을 주고받았다. 나연의 머리감기기는 조심스러웠다. 엄마가 사랑하는 딸의 머리를 감겨 주듯이 서두르지 않고 다정했다. 아이들은 마법에 홀린 듯 줄 서서 머리를 맡겼다.

"제발, 언니 없어도 씻고 좀 살자. 응!"

나연은 아이들이 평생 받지 못한 엄마의 사랑이 무엇인지 알려 주고 싶었다. 자신이 항상 그리워하는 엄마의 사랑을. 머리를 말리면서 아이들은 말이 없었다. 아이들의 머리를 보면서 나연은 뜨거운 눈물을 훔쳤다. 쉼터의 밤이 깊었다.

나연은 아이들의 잠든 모습을 하나씩 둘러보고 새벽에 쉼터를 나섰다. 케이는 큐에게 이메일을 썼다.

큐에게

한 아이가 다른 아이의 머리를 감기면서 위로를 받았습니다. 아이들은 엄마의 사랑을 한 아이로부터 받았습니다.

마음을 다한 진심은 모두를 위로했습니다.

케이.

무한 도돌이표

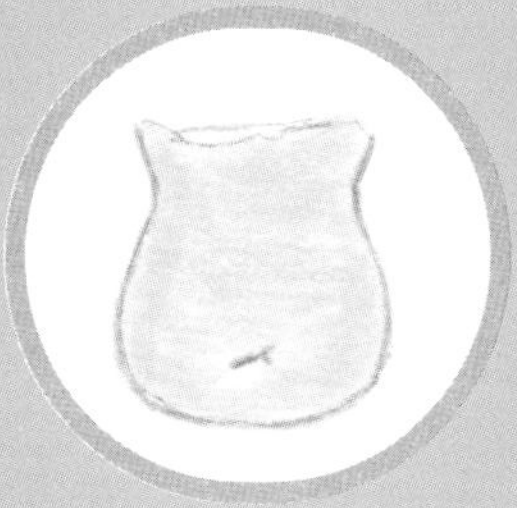

채윤 이야기

아이들은 상처가 깊었고 상실이 넓었다. 방황은 결핍을 채울 수 없었다. 외상은 회복 불가능했다. 그들의 살아가는 방식에서 희망을 찾을 수 없었다.

타살

"띵동."

문자 알림이 울렸지만, 채윤은 확인하지 못했다. 강의실에는 수강생이 빽빽했고 학원 선생님의 목소리가 점점 높아졌다. 가장 어려운 부분을 설명했다. 졸음이 몰아칠 무렵 수업이 끝났다. 수강생들이 우르르 몰려 내려가는 학원 계단에서 노아의 문자를 확인했다.

"채윤아, 더는 견딜 수 없어. 미안해."

바로 전화했다. 받지 않았다. 노아에게 무슨 일이 있음을 직감했다. 뮤지컬 덕후인 노아는 여리고 세심하고 민감했다. 채윤은 노아와 초등학교 단짝이었다. 중학교 1학년 때부터 노아와 교환일기를 썼다. 교환일기 안에서 노아와 꿈과 사랑을 고백했다. 주말이면 서로의 집에 건너가 밤새워 이야기했다. 서로 닮아 가고 있었다. 채윤은 노아가 좋아하는 뮤지컬 공연을 보러 함께 갔다. 채윤도 뮤지컬이 좋았다. 다시 전화했다.

"채윤이니?"

노아의 엄마였다. 목메어 우는 소리가 전화기 속을 가득 채웠다. 들고 있던 가방이 계단에 굴러떨어졌다.

"노아야!"

아무 말도 할 수 없었다. 그 자리에 주저앉았다. 노아가 세상에서 사라졌다. 노아의 죽음이 모든 것을 정지시켰다. 회색빛이 되었다. 채윤은 16세 중학교 3학년이었다.

영정사진 속 노아는 숫기 없는 옅은 미소를 짓고 있었다. 노아의 사진은 뮤지컬 포스터가 배경이었다. 함께 간 공연장에서 뮤지컬 관람 전에 채윤이 찍어 준 사진이었다. 노아는 뮤지컬을 보고 오는 길에 채윤에게 말했다.

"붕 뜨는 느낌이야. 다른 세상에 온 것 같아."

장례식은 간소했다. 채윤은 노아와 함께 갔던 공원, 베이커리, 아이스크림 가게를 지나 집에 왔다. 자꾸 노아의 문자가 맘에 걸렸다. 노아에게 무슨 일이 있었던 걸까? 아이들에게 물었다.

"노아가 왜 그랬을까?"

"몰라."

반 아이들은 모두 대답을 피했다. 초등학교 동창인 친구가 조심스럽게 말했다. 노아는 따돌림으로 고통스러웠을 거라고. 그건 채윤도 눈치채고 있었다. 더군다나 말수가 없어서 어울리는 친구가 채윤 말고는 없었다. 중간고사로 모두 정신이 없을 때, 노아는 아이들의 따돌림, 고독, 우울에 침몰했다. 아이들도 학교도 공식적인 애도 시간을 갖지 않았다. 채윤은 노아가 세상에서 흔적 없이 지워지는 괴로움을 견딜 수 없었다. 정신과 치료를 받았지만, 일상으로 돌아갈 수 없었다.

돌아갈 수 없는

채윤은 고등학교 진학을 거부했다. 노아를 보호하지 못한 학교가 싫었다. 따돌린 아이들이 다니는 학교가 싫었다. 하지만 부모님의 압박을 못 이겨 등교했다. 아침이면 출근하는 엄마와 함께 집을 나왔지만, 점차 학교와 멀어져 갔다. 등교하지 않고 거리를 헤매는 날이 많았다. 집에서는 학교에 잘 다니는 척했다. 노아의 죽음 앞에서 학교는 어떤 의미도 없었다.

고교 1학년 대부분을 거리에서 보냈다. 거리에서는 돈이 필요했다. 엄마가 주는 용돈만으로는 부족해서 눈에 보이는 돈은 모두 챙겨들고 집을 나섰다. 돈이 자꾸 없어지자 엄마는 돈을 숨겼다. 그러자 채윤은 돈을 훔치기 시작했고 없어진 돈 때문에 엄마와 자주 다투었다. 감정이 상한 엄마는 돈뿐 아니라 채윤의 생각, 생활 방식, 늦은 귀가, 늦잠을 두고도 화를 냈다.

"채윤아, 아빠 신용카드 못 봤니?"

"아니."

아빠의 신용카드를 찾다가 엄마가 채윤에게 물었다. 채윤은 아빠의 지갑에도 손을 댔다. 서울에 가서 뮤지컬을 봤다. 모든 비용을 아빠의 카드로 결제했다. 의미 없는 삶에서 신용카드는 별거 아니었다. 엄마는 채윤이 샤워하는 동안 가방을 살펴보았다. 아빠의 신용카드가 나왔다.

"너, 언제까지 정신 못 차리고 살 거야?"

엄마는 채윤의 거짓말이 견딜 수 없어 큰 소리를 냈다. 세상이 끝난 것처럼 싸웠다. 채윤은 다음 날 자퇴 신청을 했다. 채윤은 더는 학교 다니는 의미가 없었다. 자퇴 절차상 부모님의 동의가 필요했다. 학교로부터 보호자 상담 전화가 왔다.

"자퇴라니요?"

"그동안 학교에 잘 나오지 않았습니다."

"그럴 리 없습니다. 집에서는 학교에 간다고 나갔습니다."

엄마는 믿을 수 없었다. 선생님은 어떻게 모를 수가 있느냐는 듯이 말했다. 선생님과 긴 통화 후에 채윤의 학교생활을 어렴풋이 알 수 있었다. 채윤과 상의 후에 연락하기로 하고 전화를 끊었다. 채윤에게 걸었던 모든 기대가 산산조각이 났다. 조각 난 파편이 통증이 되어 소리치게 했다.

"네가 이런다고 죽은 애가 돌아오니?"

"상관 마! 나도 죽어 버릴 거니까!"

채윤과 엄마는 파편 위를 걷고 있었다. 매일 피를 흘리며 싸웠다. 엄마는 그만하고 일상으로 돌아오라 했다. 채윤에게 일상이 가능했으면 그렇게 했을 것이었다. 노아를 두고 돌아갈 수 없었다. 엄마, 아빠는 정신과 치료를 제안했지만, 채윤은 자퇴 후 쉼터를 선택했다.

쓰레기

엄마와 심하게 싸운 날 채윤은 가출했지만 갈 곳이 없었다. 편의점에서 밤을 보냈다. 새벽에 집에 들어와 당장 필요한 옷과 책을 말없이 챙겼다. 부스럭거리는 소리에 잠이 깬 엄마는 짐을 들고 나가는 채윤을 다급하게 불렀다.

"너, 이렇게 나가면 끝이야!"

채윤은 대답하지 않고, 돌아보지도 않았다.

뭔가 타는 냄새가 났다. 엄마가 채윤의 방문을 열자 불길이 삼킬 듯 솟아올랐다.

"불이야!"

불길과 연기로 가득한 방은 도무지 앞을 분간할 수 없었다. 엄마의 비명소리를 듣고 다급하게 뛰쳐나온 아빠가 소화기를 들었다. 기세가 꺾인 불은 위태롭고 어지럽게 꺼졌다.

채윤은 짐을 싸면서 결심했다. 돌아오지 않겠다고. 열일곱 살까지 살아온 흔적을 둘러봤다. 의미 없는 쓰레기로 가득했다. 쓰레기에 불을 붙였다. 자신의 무의미한 삶을 불살라 돌아올 곳을 없앴다.

도돌이표

채윤이 쉼터에 입소했다. 입소 상담을 할 때 케이의 질문에 대해 자세히 대답하지 않았다. 그저 예, 아니오가 전부였다. 과거와 현재가 엮이는 것을 원치 않았다. 미성년이라 보호자에게 알리지 않을 수 없어 케이는 엄마에게 입소 사실을 알렸다.

"채윤은 착하고 성실한 아이예요. 절친한 친구가 자살한 후부터 현실에 적응하지 못하고 방황하고 있어요."

엄마가 무거운 숨을 내쉬었다.

"그게 언제인가요?"

케이는 차분히 물었다.

"중학교 3학년 2학기였어요. 그 후로 아이가 이전과 완전히 달라졌어요."

엄마의 말에는 아쉬움이 묻어났다.

"어떻게 달라졌나요?"

케이가 말을 이었다.

"공부는 아예 손을 놓았고 학교도 툭하면 결석이었지요."

엄마의 안타까운 한숨이 흘러나왔다.

"채윤의 특이한 사항으로 쉼터에서 알아야 될 내용이 있나요?"

케이가 구체적인 내용을 물었다.

"……."

엄마는 울면서 말을 잇지 못했다.

"어머니, 안정되면 다시 연락드리겠습니다."

케이는 마무리했다.

"잠깐만요."

엄마는 염려와 부탁을 두서없이 말했다.

엄마는 채윤이 쉼터에서도 문제를 일으킬까 염려했다. 아이가 원하는 동안 보호를 부탁했다. 안정을 찾기 바랐다. 엄마는 자녀를 잃은 슬픔에 복받쳐 자주 말을 잇지 못했다. 채윤에게 문제가 생기면 언제든 연락을 부탁한다고 말하고 전화를 끊었다.

입소한 채윤은 짐을 풀고 방바닥에 앉아 벽에 기대었다. 오랜 여행으로 지친 사람처럼 움직이지 않았다. 아무와도 말을 걸지도 받지도 않았다. 먹고 자고 벽에 기대었다. 쉼터의 투명인간이 되어 10일이 지나갔다.

"안녕하세요."

"유진, 어서 와."

저녁 식사를 하고 있었다. 유진이 들어오며 인사했다. 케이는 가끔 방문하는 유진을 반갑게 맞이했다. 식탁 귀퉁이에 앉아 고개 숙인 채 깨작이던 채윤은 소리 나는 쪽을 흘깃 올려다봤다. 채윤은 노아가 눈에 들어오자 벌떡 일어났다. 유진이 노아처럼 보였다. 유진은 열일곱 살에 쉼터에 들어와 스무살에 독립한 아이였다. 노아와 외모나 성격이 많이 닮았다.

케이가 채윤에게 유진을 소개했다. 채윤은 가쁜 숨을 쉬었다. 떨리는 손을 내밀며 더듬더듬 말했다. 유진은 채윤의 떨리는 손을 살며시 잡았다.

"저, 채윤입니다."

"유진이야."

유진은 눈을 떼지 못하고 바라보는 채윤에게 가벼운 미소를 지었다. 채윤은 유진의 얼굴에서 노아의 영정사진 속 미소를 봤다. 채윤은 심장이 미친 듯이 뛰는 것을 느꼈다. 케이는 유진에게 식사를 권했다. 유진은 채윤의 옆에 앉았다. 채윤은 유진이 웃고 이야기하며 천천히 식사하는 모습에서 노아를 보았다. 채윤은 가슴이 막혀 와 밥을 넘길 수 없었다. 먹는 둥 마는 둥 식사가 끝나고 유진에게 말했다.

"저, 잠깐 이야기 좀 해요."

"그래."

유진은 그러자고 했다. 채윤은 유진에게 자신의 이야기를 조금씩 건넸다. 유진은 침착하게 고개를 끄덕이며 이야기를 들었다. 얼마간 이야기를 듣던 유진이 시계를 봤다.

"미안한데 갈 시간이네."

"집으로 가요?"

"응."

"저 하루만 재워 줘요."

유진은 케이를 쳐다봤다. 케이는 곤란한 표정을 지었다. 규정 위반이었다. 하지만 채윤의 간절함을 뿌리칠 수 없었다. 유진을 믿는 케이는 그렇게 하라고 했다. 다만 위치의 변화가 있을 때마다 쉼터에 알려야 한다고 주의를 줬다.

유진의 집은 쉼터에서 멀지 않았다. 걷는 동안 채윤이 이야기하고 유진은 조용히 들었다. 채윤은 가는 길에 술을 샀다. 유진은 술을 못 마셨지만 괜찮다고 했다. 방은 가구가 없었고 간소하며 좁았다. 둘은 방바닥에 앉았다. 채윤은 어색함을 채우기 위해서 빠르게 마셨다. 금세 얼굴에 열기가 느껴졌다. 점점 기억이 과거로 흐르기 시작했다. 취기를 빌려 그동안 혼자 삭히며 꾹꾹 눌러왔던 감정을 말하고 싶었다. 유진에게는 말할 수 있을 것 같았다.

"똑같아요."

"뭐가?"

채윤은 노아에 대해 이야기했다. 어려서부터 맺은 영혼의 친구라고. 잊을 수 없는 첫사랑이라고. 자살했다고. 학교가 죽였다고. 반 아이들이 죽였다고. 아무도 책임지지 않았다고. 유진은 어렴풋이 이해할 수 있었다. 채윤이 뱉어내지 못했던 울분이 눈물이 되어 흘렀다. 채윤의 눈에는 유진의 얼굴 위로 노아가 겹쳐졌다.

"안아 봐도 돼요?"

"……."

채윤은 유진을 안고 차마 부르지 못했던 노아를 불렀다.

"미안하다. 노아야! 지켜 주지 못해서."

유진은 말없이 등을 다독였다.

"노아야! 노아야! 내가 네 몫까지 살아 줄게. 나를 용서하지 마!"

채윤은 노아를 부르며 목놓아 울었다. 성벽처럼 쌓아 올린 분노와 슬픔의 벽이 무너져 내렸다. 터져 나온 울음은 멈출 수가 없었다. 길 잃은 짐승처럼 악을 썼다. 끊어질 듯 이어지는 울음은 길고 질겼다. 채윤은 노아를 부르며 까무러쳤다. 얼굴은 온통 눈물로 얼룩져 있었다. 남은 설움이 유진의 작은 몸을 들썩이게 했다. 유진은 채윤의 끊어질 듯 이어지는 희미한 숨소리를 지켰다. 밤이 깊었다. 채윤은 열일곱 살이었다.

그날 이후로 채윤은 차츰 아이들과 어울렸다. 여전히 속내를 보이지는 않았다. 그렇지만 아이들이 벌이는 사건에 어김없이 끼어들었다. 사건이 없는 날은 아이들을 충동질해 사건을 만들었다. 밤낮을 가리지 않고 사건 사고에 관여했다. 채윤은 일부러 덫의 미끼를 건드리는 짐승이었다. 사건 속에서 울다, 웃으면서 노아를 놓아 줄 수 있었다. 세상을 다 산 사람처럼 살았다.

어느 날 채윤을 좋아하던 호경이 쉼터를 무단으로 이탈했다. 점점 자신을 잃어가는 호경을 그냥 둘 수는 없었다. 채윤과 남주는 일진의 패거리가 되지 않도록 호경을 말렸다.

"난, 일진이 될 거야."

호경은 듣지 않았다. 채윤과 남주는 호경을 몰래 미행했다. 호경은 아이들의 담배 심부름을 했고 아이들과 담배를 피우며 키득거렸다.

"호경이 그만 돌려보내라!"

"넌 뭔데! 죽고 싶어? 씨발!"

"각오해라! 내 친구 건드린 벌이다! 덤벼!"

채윤은 턱을 치켜들고 큰소리쳤다. 그리고 호경을 데리고 재빠르게 도망쳤다.

"언니 차례야!"

남주는 제일 작은 아이에게 달려들어 순식간에 엎어치기를 했다. 남주는 그동안 다진 유도 실력을 한 방에 보여주었다. 남주의 빠른 몸짓에 아이들은 머뭇거리며 더는 덤비지 못했다. 으름장을 놓고 욕설을 하면서 꽁무니를 뺐다.

"우리 호경이 다시 건드리면 가만두지 않겠어. 얼씬도 하지 마라! 꺼져!"

그 후로 밤이면 경찰차의 경광등이 쉼터 근처에서 오랫동안 번쩍였다. 이 일이 거리의 아이들에게 알려졌고, 쉼터 근처는 아이들이 피하는 곳이 되었다.

채윤은 쉼터에서 아이들이 어떻게 불나방이 되는가를 봤다.

'아이들은 왜 자기 자신을 끝없이 파괴하는 것을 멈추지 못할까?'

아이들은 상처가 깊었고 상실이 넓었다. 방황은 결핍을 채울 수 없었다. 외상은 회복 불가능했다. 그들의 살아가는 방식에서 희망을 찾을 수 없었다. 아이들의 방황과 함께할 수 없음을 깨달았다. 벼랑 끝에 선 아이들을 지켜보며 자신이 얼마나 운이 좋은지 알게 되었다. 그런 가능성이 느껴지자 노아의 부당한 죽음이 더욱더 아팠다.

채윤이 거듭하던 울기와 마시기가 점차 줄어들고, 더는 사건을 꾸미지 않았다. 아이들의 방황과 채윤의 방황은 달랐다. 채윤의 방황은 노아에 대한 애도였다. 노아는 그림자처럼 항상 채윤의 주변에 있었다. 노아와 함께 보던 뮤지컬을 보는 날이 많아졌다. 연기학원에 등록하더니 노아가 꿈꾸었던 연기를 배우기 시작했다.

"케이, 파스 좀 주세요."

"파스는 왜?"

"어제 연습하다가 목을 삐끗했어요."

채윤은 몸치였다. 연기 연습은 체력적으로 버거웠다. 영상으로만 보던 연기에 비해 직접 하는 연기의 폭은 훨씬 넓었다.

"연습은 어때?"

"힘들어요."

채윤의 대답은 언제나 짧았다. 채윤은 힘들어하면서도 노아의 부당한 죽음이 주는 고통을 덜어내려 애썼다. 노아를 생각하며 연습을 포기하지 않았다. 그렇게 무한 도돌이표를 찍었다.

충분한 시간

"케이, 자두 먹어도 되나요?"

"그럼!"

채윤이 냉장고를 뒤적이더니 자두 하나를 들고 사무실로 들어섰다. 케이는 채윤에게 물었다.

"채윤, 어쩐 일이야?"

"생일이 다가오니 맘이 들뜨네요."

"쉼터에 온 지 얼마나 되었지?"

"12월이니까, 7개월째네요."

"요즘은 어때?"

"그냥 그래요."

들뜬 채윤의 대답은 의외로 짧았다. 케이는 들고 있던 책의 한 구절을 채윤에게 읽어 줬다.

"천사는 단순하고, 악마는 복잡하다. 천사는 진실하기만 하면 되기 때문에 단순하지만, 악마는 진실로만 안 되기 때문에 단순할 수가 없다. 교활함, 기만, 합리화, 능청스러움, 변명, 의뭉스러움은 악마의 속성이지 천사의 속성은 아니다. 천사는 창조된 자이지 창조하는 자가 아니라는 사실은 이에 대한 은유다. 능청스러움, 교활함, 변명, 합리화, 의뭉스러움은 악마의 속성이라고 했거니와 이는 또한 창작자에게 요구되는 자질이기도 하다."[1]

읽어 준 구절을 듣고 잠시 생각에 잠겼던 채윤이 문득 떠오른

1 소설가의 귓속말, 이승우

듯이 말했다.

“뭔가 써 보고 싶어요.”

“같이 써 볼까?”

“잠깐만요.”

채윤이 뭔가를 제안하기는 처음이었다. 급히 일어나 자기 방으로 가더니 오래되어 손때 묻은 노트 한 권을 가져왔다. 노트에는 채윤이 방황하는 동안 기록한 자신의 느낌, 생각들이 담겨 있었다. 죽음, 분노, 서러움을 뼛속까지 체험한 사람의 고백이었다. 울음도, 폭음도, 사건도, 사고도, 뮤지컬을 보러 다닌 것도, 연기학원에 등록한 것도, 모두 노아의 억울한 죽음에 대한 애도였다. 채윤과 노아의 아름다운 추억과 죽음처럼 깊은 상실이 글 안에서 살아 꿈틀댔다. 글은 아픔을 딛고 성숙해 가는 채윤의 기록이었다. 케이는 채윤에게 같이 계속 써 보자고 약속했다. 하지만 약속은 이뤄지지 못했다. 채윤이 검정고시를 준비하느라 바쁜 나날을 보내게 되었기 때문이다.

채윤이 검정고시에서 받을 수 있는 최고 점수를 받았다. 얼마 후 자진 퇴소하여 집으로 귀가했다. 이듬해 채윤은 서울에 있는 H예술종합학교에 진학했다. 그 시기에 같이 쉼터에서 생활하던 남주 언니도 S대학교에 진학했다. 채윤과 남주는 학교가 있는 서울에서 자주 만났다. 케이는 큐에게 이메일을 썼다.

큐에게

채윤은 노아를 애도하는 시간이 필요했습니다. 애도에 충분한 시간은 슬픔의 크기가 결정했습니다. 몰아쳐서 되는 일이 아닌 듯합니다.

큐는 어떻게 슬픔을 덜어내시나요?

케이.

선생님!

해인 이야기

해인은 일자리를 찾으려 했지만, 쉽지 않았다. 대부업체는 한 달이 지나자 이자를 독촉했다. 월세도 준비해야 했다. 해인은 더는 동욱과 함께할 수 없음을 깨달았다.

오지 않는 사람

밖은 어두웠고 3월 초 새벽 날씨는 차가웠다. 해인은 대문을 나서면서 아직 불 꺼진 할머니 방을 돌아봤다. 기차역으로 가는 길에 아직은 적막한 고모 집 앞을 지났다. 역까지는 그리 멀지 않았다. 해인은 자꾸 뒤를 돌아봤다.

할머니는 해인을 젖먹이부터 키웠다. 이혼하면서 엄마는 핏덩이를 두고 떠났다. 아빠는 아기를 할머니에게 맡기고, 일거리를 찾아 전국을 떠돌았다. 어쩌다 들러 할머니에게 몇 푼을 건네주고 다시 일터로 떠났다.

전국을 떠돌며 고단했던 아빠의 삶은 해인이 열여섯 살에 멈추고 말았다. 심근경색이었다. 해인이 열여섯 살 때까지 아빠를 본 날은 합해서 한 달이 채 되지 않았다. 길거리에서 만나도 알아보지 못할 정도로 얼굴이 가물가물했다.

할머니는 혼자서 해인을 키웠다. 할머니의 건강이 나빠지자 고모가 한 주에 한 번씩 집에 왔다. 그때마다 할머니와 고모가 합세해서 잔소리를 진저리나게 해댔다.

"나이가 몇 살인데 놀고 있냐? 언제 취업할래? 씀씀이가 너무 크다. 마을 사람들이 농사일 도울 사람을 찾더라. 이장에게 말해 놓았으니 아침 일찍 가 봐라."

주로 살림살이가 어려우니 한몫을 하라는 주문이었다. 해인은 고등학교 졸업 후 아동보육학과에 진학하려 했다. 할머니의 병원비, 생활비도 모자라는 형편에 등록금은 없었다. 해인은 무력했다. 시골 고향에는 정보도 일거리도 없었다. 스트레스가 쌓이면서 서울을 생각했다. 고등학교를 같이 다닌 남자친구 동욱이 서울에서 일했다. 며칠 전 할머니와 고모의 유난한 잔소리에 해인은 심하게 충돌했다. 더는 견딜 수 없었다.

"그래 나갈게, 돈 벌러 갈게"

그렇게 새벽에 출발한 해인은 동욱이 사는 작은 반지하 빌라 앞에 도착했다. 동욱이 올 시간은 아직 멀었다. 갈 곳이 없어 근처 놀이터에서 기다렸다. 낡은 오토바이를 탄 동욱이 어둑해서야 나타났다. 기쁨과 피곤이 겹친 얼굴로 해인을 맞았다. 저녁은 라면이었다. 잠시라도 맘이 편했다. 낯선 곳에서 동욱은 해인이 의지할 수 있는 유일한 사람이었다.

동욱은 낮에는 조그만 공장에서 장난감을 조립했고, 밤에는 음식을 배달했다. 일찍 나가서 늦게 귀가했다. 형편은 시골집이나 크게 다르지 않았다. 저임금, 긴 노동시간, 불안정한 일자리, 높은 임대료, 비싼 생활비 등으로 쪼들렸다.

해인이 오자 씀씀이가 늘었다. 형편이 어려워지자 동욱은 짜증이 늘었고 해인도 점차 맘이 편하지 않았다.

동욱의 생일이 낀 주말이었다. 해인은 선물을 사고 외식도 하고 싶었다. 동욱이 못 들은 척하자, 해인은 서운함이 올라왔다.

"그럼 배달시키자."

"배달 음식 먹고 싶지 않아."

해인이 오자 세간살이, 이부자리, 해인의 옷을 사면서 월세가 부족했다. 동욱은 점점 꼬여 가는 형편이 화를 만들어내고 있음을 말하지 못했다. 해인은 좋은 날 싸우고 싶지 않았지만, 서운한 감정은 거친 말을 만들었고 서로를 부딪치게 했다. 동욱은 결국 말했다.

"빚을 갚고 있어."

"왜 말하지 않았어!"

해인은 동욱의 사정을 모르고 자신이 무작정 올라왔음을 깨달았다. 동욱에게 신세만 질 수는 없었다. 다음 날 해인은 자신의 이름으로 대출을 받았다. 동욱이 갚겠다고 했다.

해인은 일자리를 찾으려 했지만, 쉽지 않았다. 대부업체는 한 달이 지나자 이자를 독촉했다. 월세도 준비해야 했다. 해인은 더는 동욱과 함께할 수 없음을 깨달았다.

해인은 할머니 집으로 돌아왔다. 집에 오자 다시 갈등이 시작되었다. 할머니는 대출업체에서 사람이 오가는 것을 두려워했다. 전화도 받고 싶지 않았다. 도움이 절실했다. 해인은 1388 청소년상담에 전화했다. 1388은 그를 쉼터로 안내했다.

"안 오는♫ 건지. 못 오는 건지♬ 오지 않는 사람아."

해인의 수신음은 자신을 버리고 떠난 엄마를 부르는 그리움이었다. 케이의 전화를 받았다. 입소가 가능한지. 얼마나 있을 수 있는지. 아르바이트는 가능한지. 위치가 어디인지. 내일 입소가 가능한지 물었다. 케이는 가능하다고 답변했다.

자신감

해인이 쉼터에 입소했다. 케이는 할머니와 통화해서 해인의 쉼터 생활을 설명했다. 할머니는 식사와 옷가지를 걱정했다. 케이는 쉼터의 식사와 의류 지원을 천천히 설명했다. 할머니는 대출업체 사람이 또 나타났다고 두려워했다. 그들이 집안을 살펴봤고, 해인의 행방을 물었다. 케이는 해인의 취업을 돕겠다고 했다.

"아휴, 짜증 나! 쾅쾅쾅!"

취업 프로그램의 지원을 받은 해인은 컴퓨터 학원에서 기초적인 컴퓨터 활용을 배웠다. 배운 대로 조작이 잘 안 되면 컴퓨터 키보드를 손바닥으로 내리치며 답답해 했다. 때로는 컴퓨터 앞에 앉아서 엉엉 소리 내 울었다. 선생님과 다른 학생들이 울 일이 아니라고 해도 소용없었다. 부끄럽지만 울고 나면 맘이 편했다. 막다른 골목에 갇힌 해인은 어떻게든 기회를 살려서 취업하고 싶었다. 학원을 마치고 쉼터에 와서도 컴퓨터 앞에 앉아 밤늦도록 연습했다. 해인은 취업프로그램 내내 자신을 몰아붙였다.

그러던 어느 날이었다. 해인이 현관을 뛰어 들어오면서 큰 소리로 외쳤다.

"선생님, 저 붙었어요"

"우와! 해인아, 축하해!"

케이는 해인의 등을 다독였다. 고통스럽고 우직하게 몰아붙인 시간이었다. 첫 번째 단추를 잘 끼운 셈이었다.

"아휴, 짜증 나!"

해인은 쉼터 아이들에게 자주 화를 냈다. 알 수 없는 감정들이 자주 폭발했다. 사소한 일에도 감정 조절이 어려워 아이들과 마찰을 일으켰다. 관계 맺기와 거리 두기, 감정 알아차리기와 대응 방법에 대해 훈련을 받았다. 상담 회기가 늘어갈수록 해인은 할머니에게 받은 사랑을 깊이 느꼈다. 상담 종료 후 해인이는 더 밝고 명랑해졌다.

"노력하는 시간이 필요해. 세상엔 공짜가 없어!"

신입 아이들에게 먼저 다가가 말을 걸곤 했다. 아이들에게 간식을 챙겨 주기도 하고 조언도 했다. 나이가 많아 맏언니로서의 역할을 했다. 아이들 간의 갈등에도 개입했다. 삐딱하게 구는 아이의 이야기를 들어주었다. 봉사활동에 적극적이었고 점차 자신의 삶에 자신감을 얻었다.

숨구멍

동욱이 서울 생활을 접고 내려와 쉼터 근처에 방을 구했다. 동욱의 부모님이 보증금을 마련했다. 해인은 동욱을 자주 만났고 부모님께도 인사했다. 동욱도 시골집에 가서 할머니를 뵙고 밥을 먹고 왔다. 두 사람의 데이트가 길어졌다. 해인은 동욱과 맞지 않는 부분이 많아 자주 다투었지만, 헤어지고 싶지는 않았다. 마음속 깊이 동욱에게 의지했다.

어느 날 갑자기 해인이 퇴소할 뜻을 내비쳤다.

"케이, 저 퇴소할래요."

"어떻게 살려고?"

얼마전 해인은 동욱에게 쉼터에서 아이들과 함께 사는 어려움을 하소연했다. 그러자 동욱이 부모님께 말해 해인과의 동거를 허락받았다. 해인은 할머니에게 말씀드렸다. 눈 내리는 날 해인은 자진 퇴소하여 동욱의 원룸으로 이사했다. 이사한 겨울에 해인은 사회복지사가 되고 싶어서 대학에 진학했다.

동거는 순탄치 않았다. 서울에서 빌린 대출금은 이자가 붙어 1,100만 원이 되었다. 아직 제대로 된 직장이 없는 해인과 동욱이 감당하기 어려운 돈이었다. 동욱의 아르바이트만으로는 학비, 생활비, 월세를 감당하기에는 턱없이 부족했다. 해인은 학교에서 근로학생으로 일하면서 대학 생활을 시작했다. 동욱의 어머니는 월세 감당을 해인에게 요구했다. 동욱도 그것을 바라는 눈치였다.

"너랑 같이 쓴 빚이 많아 죽겠는데 월세까지 내라고?"

"너도 일을 좀 하면 어때?"

"공부하고, 학교 근로하고 이미 하잖아!"

"주말에 조금 더 해도 되잖아?"

해인은 자존심이 상했다. 결국 동거 다섯 달째 되는 벚꽃 피는 날에 쉼터로 재입소했다. 다시 혼자가 된 해인은 외로웠다. 동욱은 해인이 유일하게 의지한 사람이었다. 할머니가 자주 보고 싶었다. 한편 빚을 갚기 위해서는 뭐라도 해야 했다.

해인은 빚을 갚을 방법을 여기저기에 간절하고 조급하게 물었다. 케이는 신용회복위원회에 상담했다. 이자 연체가 3개월이 넘어야 개인 워크아웃이 가능했다.

해인은 이자를 내지 않고 3개월 동안 대출업체에서 오는 전화나 접촉을 피했다. 숨바꼭질 같은 3개월이 지난 뒤에야 연체이자와 원금의 상당 부분을 감면받았다.

마침내 숨구멍이 틔었다.

할머니

"미안해"

동욱이 쉼터로 해인을 찾아왔다. 해인의 고단함을 이해하지 못했다고 말했다. 해인은 동욱이 자신의 유일한 믿음이라고 고백했다. 동욱은 해인이 자신의 콩깍지라고 말하면서 웃었다. 해인은 쉼터를 자진 퇴소하고 다시 원룸으로 갔다.

한편 할머니는 투석 4년 차였다. 환자들의 70%가 5년 안에 사망했다. 할머니의 시간은 빠르게 증발했다. 한 번 할 때마다 네 시간이 걸리는 투석을 1주일에 2회씩 했다. 할머니의 앙상한 팔은 희미해진 혈관들이 터져 만든 검붉은 자국들로 가득했다.

"그이가 안 보여."

"지난주에 떠났다네요."

투석실에서 만나는 사람들은 죽음의 시간을 함께 걷는 환우였다. 합병증과 긴 투석 시간을 견뎌낸 서로의 고통을 위로하고 위로받았다.

할머니는 고혈압과 우울증을 겪었다. 일주일에 두 번씩 시골에서 도시까지 투석을 위해서 나오는 일은 버거웠다. 어느 날 할머니는 쓰러져 노인요양병원에 입원했다. 해인은 학교 다니며 아르바이트 하는 틈틈이 병원에 들렀다.

"우리 해인이 시집 가는 것도 보고, 아기도 봐 줘야 하는데."

"꼭 그러겠다고 나랑 약속해."

해인과 손도장 걸던 할머니는 가끔 해인을 못 알아봤다. 그러다 정신이 들면 같은 이야기를 반복했다. 할머니는 촛불처럼 깜박이며 해인을 볼 때마다 울었다. 해인은 울지 않으려고 더 크게 웃었다.

"할미 죽으면 우리 불쌍한 해인이 어찌 살어."

"퇴원해서 해인이랑 오래오래 살아야지."

앙상한 할머니 등을 쓰다듬으며 해인은 울음을 삼켰다. 마지막 고통 속에서도 해인만 부르다가 할머니는 눈도 못 감았다.

"할머니가 돌아가셨어요."

해인은 세상에 덩그러니 혼자가 되었다.

"할머니에게 철없이 굴어서 후회돼요."

해인은 목놓아 울었다. 후회로 가득한 기억 때문에 울음을 멈출 수 없었다. 케이는 말없이 해인을 안고 등을 쓸어내렸다. 그날 밤 해인은 케이 곁에서 훌쩍이다 잠들었다.

선생님

해인은 자신의 삶을 놓치고 싶지 않았다. 사회복지학과 공부가 힘들었지만 포기하지 않았다. 생활은 항상 쪼들렸지만, 아르바이트와 근로학생으로 일하면서 늦은 밤까지 공부했다. 다행히 생활, 공부, 아르바이트를 병행할 만큼 건강은 좋았다.

동욱은 일거리를 찾았고 성실했다. 꿈을 찾아 나가는 하루하루가 좋았다. 미래를 계획했다. 결혼도 생각했다. 해인 역시 마찬가지였다. 예식장에서 누가 손을 잡아 줄지, 부모가 없다고 손가락질하지 않을지, 친척은 몇 명이나 올지, 그런 걱정을 하면서도 동욱과 함께 설레었다.

해인은 어느덧 대학교 4학년이 되어 사회복지 현장실습을 해야 했다. 쉼터에서 하고 싶었다. 케이와 상의했고 쉼터가 동의해 주었다. 여름방학이었다. 해인이 쉼터에 실습 선생님으로 출근했다.

"해인 선생님!"

쉼터의 모든 아이가 해인을 선생님이라고 불렀다. 해인은 어색하고 부끄러웠다. 부모 없이 자란 아이가 선생님이 되었다. 아이들은 자신의 성공처럼 해인을 축하했다.

해인은 선생님이라 불리면서 자신과 아이들을 돌봤다. 의젓한 해인을 보면서 케이는 가슴이 뜨거워졌다. 그날 케이는 큐에게 이메일을 썼다.

큐에게

부모 없이 자란 아이가 선생님이 되었습니다. 여러 사람의 관심과 우리 사회의 도움이 있었습니다. 저는 이런 기적을 보기 위해 이 일을 합니다.

큐는 무엇을 위해 일을 하시나요?

케이.

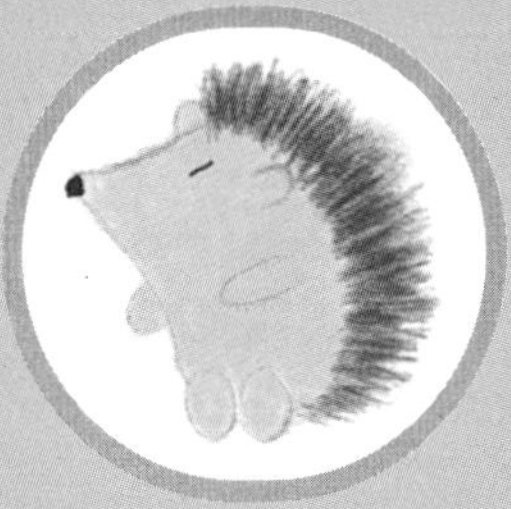

유진 이야기

유진은 알았다. 현재의 자신이 과거의 자신과 다르다는 것을. 과거의 상처가 남긴 흉터를 끌어안고 앞으로 나가야 한다는 것을.

면접

"면접 때문에 왔습니다."

"저쪽에서 기다리세요."

유진은 시간보다 일찍 도착했다. 모니터에 코를 박고 있던 직원은 무심하게 대답했다. 유진은 마른침을 삼키며 거울에 비친 자신의 모습을 살폈다. 빌려 입은 정장이 어색해서 피식 웃음이 났다. 10시가 되자 직원은 유진을 복도 끝 면접실로 안내했다. 긴장한 발소리가 또각또각 복도를 채웠다. 면접실에는 면접관의 책상과 의자뿐이었다. 의자는 비어 있었다. 책상 위에는 유진의 이력서와 자기소개서 그리고 회사 홍보자료가 있었다. 유진은 빈 면접실에 서서 주변을 살폈다. 갑자기 문이 열렸다.

"미안합니다. 좀 늦었습니다."

안경을 쓴 중년 남자가 숨을 몰아쉬며 말했다. 그는 자리에 앉자마자 회사 소개를 간략히 했다. 주식회사 창(窓)의 차태평 대표였다. 차대표는 유진의 이력서와 자기소개서를 살펴보면서 고개를 들어 유진에게 말했다.

"고등학교 자퇴 이후 긴 공백이 있네요."

"네."

"무엇을 하면서 보냈나요?"

유진은 망설였다. 뭐라 말해야 할까? 어디서부터 말해야 할까? 유진은 대답 대신 반문했다.

"대답이 긴대요. 바쁘지 않으세요?"

"말해 보세요."

차대표는 자세를 바꾸어 앉으며 유진을 흥미롭게 바라봤다. 유진은 차대표 쪽으로 몸을 기울였다.

떠돌기

"삐리리링, 삐리리링, 네, 쉼터입니다."

"도움이 필요해요."

전화 속 목소리는 젊은 남자였다. 자기 여동생이 엄마와 갈등

끝에 집을 나왔는데 갈 곳이 없다고 했다. 케이는 물었다.

"동생이 집에서 맞았나요?"

"네."

"동생이랑 함께 쉼터에 올 수 있나요?"

"네."

"지금 오세요."

유진이 쉼터에 온 첫날이었다. 케이는 유진에게 지난 한 주일 동안 일어난 일을 물었다. 유진의 말은 빠르고 경쾌했으며 표정은 밝았다. 쉼터에 오는 다른 아이들의 조심스럽고 힘없는 모습과는 사뭇 달랐다. 지나치게 밝아서 이상했다. 케이는 조심스럽게 살폈다. 상담은 점차 어려워졌다. 유진은 고통스러운 부분에서 이야기를 피했다. 케이는 유진이 사용하는 가면을 알아챘다. 유진은 과거의 힘든 기억을 회피했다. 외상 환자가 자주 보이는 정서 회피였다. 케이는 다른 때와 다르게 긴장했다.

'이 아이에게 무슨 일이 있었을까? 이 아이는 왜 필사적으로 자신의 감정을 숨기고 있을까?'

초등학교 1학년 때 아빠는 유진의 성기를 만졌다. 유진은 그것이 무엇을 의미하는지 몰랐다. 성추행은 계속되었다. 시간이 지나면서 엄마가 아빠의 성추행을 알게 되었다. 끝을 알 수 없는 냉소, 비웃음, 회피, 싸움 끝에 엄마 아빠는 이혼했다. 아빠가 떠난 후 큰오빠, 작은오빠, 유진, 엄마가 남았다. 이혼 후 엄마는 자주 술을 마셨다. 취하면 정신을 잃고 때렸다.

"너 때문이야."

유진은 엄마가 취할 때마다 죽음의 공포를 느꼈다.

동생이 맞아 죽을지도 모른다고 생각한 큰오빠는 아동보호전문기관에 전화했다. 기관은 유진을 가족과 분리했다. 죽음에 대한 공포는 벗어났지만, 유진은 허전했다. 유진은 초등학교 1학년 후반부터 초등학교 2학년 겨울까지 그룹홈에서 살았다. 3학년이 되자 엄마는 유진을 집으로 데려왔다. 초등학교를 졸업할 때까지 같이 살았다.

엄마는 알코올 중독이었다. 유진은 날마다 폭력과 폭언의 공포로 불안했다. 죽음을 생각하는 버릇은 유진의 일상이었다. 초등학교 졸업식에 엄마도 아빠도 오지 않았다. 유진은 초등학교 시절이 구타와 욕설 속에서 끝났다고 생각했다. 유진은 슬프거나 서운하지 않았다. 대신 회복 불가능한 결핍과 차가운 미움이 가슴 깊은 곳에 자리 잡았다.

폭력이 심해지자 큰오빠가 고모를 만나서 말했다.

"유진이 맞아 죽을 것 같아요. 고모 집에서 살게 해주세요."

문제는 엄마였다.

"절대 안 돼!"

엄마는 유진의 이사를 반대했다. 하지만 큰오빠는 유진을 데리고 도망치듯 고모 집으로 갔다. 유진은 중학교 1학년부터 고등학교 1학년까지 고모 집에서 살았다. 고모부와 고모는 자주 싸웠다. 유진에게는 엄마의 구타나 욕설보다 이 싸움이 나았다. 야간학습을 핑계로 귀가는 자주 늦었다. 친구들과 어울려 노는 게 고통을 잊기 위한 유일한 방법이었다.

고모와 고모부의 싸움도 이혼으로 끝이 났다. 유진은 다시 살 곳을 잃었다. 아무것도 선택할 수 없는 무력한 자신을 원망하며 엄마 집으로 돌아갔다. 엄마는 여전히 술을 마셨고 돌아가자 곧 폭력이 다시 시작되었다. 유진은 필사적으로 방법을 찾았다. 아빠에게 연락했다.

"미안하다."

아빠는 연락을 받지 않았다. 학비와 용돈, 모든 것이 중지되었다. 학교는 더 이상 다닐 수 없었다. 자퇴를 신청했다. 엄마는 유진의 자퇴를 말리지 않았다. 유진은 자퇴 후 큰오빠와 같이 살고 싶었다. 큰오빠는 원룸에서 살았고 동거인이 있었다. 큰오빠는 사회복지시설을 권했다. 그룹홈에서 겪은 나쁜 기억 때문에 유진은 시설이 싫었지만, 다른 방안이 없었다. 그래서 큰오빠가 쉼터에 전화한 거였다. 케이는 혼잣말처럼 중얼거렸다.

"그 전화를 내가 받았군."

떠돌이 유진은 안전한 곳에서 안정된 삶을 영위하고자 하는 욕구가 컸다. 케이와 이야기하는 동안 유진은 쉼터가 안전하겠다는 생각이 들었다. 자라는 동안 한순간도 안전을 느끼지 못했던 유진은 말했다.

"자립할 때까지 여기서 살고 싶어요."

케이는 유진의 절실함을 파일에 메모했다. 유진은 열일곱 살이었다.

터널

입소 후 유진은 며칠 동안 말없이 선생님들과 아이들의 눈치를 살폈다. 그러던 어느 날 새벽, 유진은 케이의 방을 노크했다. 케이는 노크 소리를 듣지 못했다. 흐느끼는 소리에 눈을 번쩍 떴다. 문 앞에 앉은 유진은 무릎에 얼굴을 묻고 들썩이고 있었다. 새벽 3시 10분이었다. 달도 뜨지 않은 새벽의 적막을 유진의 울음소리가 채웠다.

"선생님, 이제 뭘 해요? 저 어떻게 해요?"

케이는 말문이 막혔다. 유진의 흐느낌은 길 잃은 아이의 불안이었다. 유진의 맨발은 차가웠다. 케이는 가만히 앉아 말없이 작고 여린 발을 쓰다듬었다. 마침내 케이는 자신의 어려웠던 시간을 떠올리며 말했다.

"유진아, 실컷 울어라. 눈물이 마를 때까지 울고 또 울어라. 답을 찾을 수 있다면 그렇게 해라. 오늘 눈물을 왜 흘렸는지 잊지 마라. 계속 스스로 질문해야 한다. 지금과 다른 삶을 살기를 원한다면, 무엇을 해야 성장할 수 있는지 찾는 게 지금 흘린 눈물의 의미다."

유진은 어둠 속에서 말없이 흐느꼈다.

"유진아, 지금 길이 보이지 않지만, 네가 왜 고통스럽게 눈물을 흘리고 있는지 깨달아야 해. 그래야 문을 열고 나갈 수 있어."

"……."

케이는 생각했다.

'이 아이는 무엇을 생각했을까? 내 말을 한마디라도 들었을까?'

케이는 흐느끼는 아이와 함께 막막했다. 유진은 말했다.

"저 답답해서 견딜 수 없는데, 바람 좀 쐬고 싶어요."

"그래. 감기 걸리니까 너무 오래 있지 마라."

케이는 유진이 자기 자신을 찾기 바랐다.

모범생

유진은 입소 후 오랫동안 아무 말이 없었다. 며칠 전 답답함을 호소한 것 외에는 별다른 말도 행동도 없었다. 쉼터의 모든 선생님이 그를 향해 안테나를 세우고 있었다. 유진이 처음 관심을 보인 것은 그림이었다.

"연필과 스케치북을 쓸 수 있나요?"

연필과 스케치북을 원했다. 연필과 스케치북을 받은 유진은 며칠간 그리기에 열중했다. 케이는 재능을 살릴 수 있는 컴퓨터 그래픽 도구인 일러스트레이터 훈련을 권했다.

'답답한 미래를 열어 줄까?'

유진은 훈련을 통해 배운 기술로 취업하고 싶어 의욕적으로 시작했다. 하지만 중급과정에서 자신감이 급격하게 떨어졌고 결국 중도에 포기했다. 케이는 궁금했다. 유진이 처음 보였던 흥미가 왜 사라진 것일까? 케이는 유진의 심리상담 결과를 자세히 살피고 관찰했다.

유진은 모범생이었다. 빠른 말과 밝은 표정은 모범적인 이미지와 잘 어울렸다. 하지만 일상에서 일어나는 일을 있는 그대로 받아들이지 못하고 타인을 살피고 기민하게 대응했다. 유진의 생존방식은 타인의 기대나 시선에 맞추는 방식으로 굳어져 있었다. 밝은 겉모습과는 다르게 지속적으로 이어진 폭력이 자신감을 짓이겼고 무력감으로 이어졌기 때문이다. 초등학교 1학년 여덟 살 이후부터 줄곧 이런 양면성으로 살았다. 밤낮이 바뀌듯 모범성과 무력감 사이를 오고 갔다. 싫은 것을 싫다고 말하지 못했고, 성공의 이야기를 만들지 못하고 무기력했다.

"검정고시 준비해야지?"

"저……. 그럴게요."

케이는 고등학교를 중퇴한 유진에게 검정고시를 제안했다. 유진은 공부에 흥미가 없었지만 거절하지 못했다. 하기 싫다고 말하는 것이 두려웠다. 케이를 힘들게 하면 케이의 힘듦이 자신에게 돌아온다고 생각했다. 유진은 오래전에 이것을 학습했다. 엄마, 아빠에게 싫다고 했을 때 돌아온 가혹한 폭력이 그에게 각인되어 있었다. 유진은 검정고시에 합격하고 싶었다. 자신을 위해서가 아니라 선생님을 위해서, 선생님에게서 멀어지는 것이 두려워서였다.

실패가 이어져도 선생님들은 지치지 않았다. 유진은 격려와 지지를 받고 시장상 후보로 추천되어 청소년의 달 기념행사에서 시장상을 받았다. 취업 성공 패키지 지원으로 유진은 웹툰학원에 등록했다. 유진은 쉼터에서 자리를 잡고 잘사는 듯했다.

가족

작은오빠의 몸이 갑자기 옆으로 기울더니 무너지듯 의자에서 떨어졌다.

쿠웅.

"오빠! 오빠!"

유진은 작은오빠를 끌어안고 다급하게 소리쳤다. 작은오빠는 시한폭탄 같았다. 뜨거운 음식을 먹으면 힘없이 쓰러졌고 울 수도 없었다. 울면 팔다리 마비가 왔고 말도 할 수 없었다. 유진은 어려서부터 작은오빠의 이 증상을 봐 왔다. 뇌혈관이 좁아져 뇌에 피가 부족하기 때문이란다. 의사는 말했다.

"수술이 유일한 치료입니다."

병이 더 악화되기 전에 수술을 해야 했다. 하지만 작은오빠는 시기를 놓쳤고 제때 치료하지 못했다. 유진이 초등학교 때 작은오빠에게 편측마비가 왔다. 일찍 수술했으면 피할 수 있는 병이었다. 유진은 작은오빠의 장애가 엄마 탓이라고 생각했다. 엄마는 작은오빠에게 도움이 되는 외부 제안을 항상 거절했다. 엄마가 보호하는 것이 마음이 편하다고 했다. 유진은 작은오빠를 생각하면 항상 가슴이 시렸다. 쉼터에 살면서도 가끔 작은오빠를 보러 집에 갔다.

엄마 집에 불이 났다.

"응……. 내가 담배꽁초를 잘못 버린 것 같아요."

집이 완전히 잿더미로 변했다. 엄마가 취해서 담뱃불을 제대로 끄지 않았기 때문이다. 다행히 엄마, 작은오빠는 다치지 않았다. 갈 곳이 없어 모텔에 장기 투숙했다. 집은 완전히 재건축이 필요했지만 이혼한 아빠는 아예 관심도 없었다. 엄마는 임시 거주지에서도 날마다 술을 마셨다. 큰오빠가 타다만 잔해의 철

거와 재건축을 도맡았다. 엄마는 큰오빠를 싫어하지만, 오빠에게 도움을 청했다. 큰오빠도 엄마를 믿지 못하지만, 엄마를 도왔다.

유진은 가족이 함께 행복했던 시간을 희미하게 기억했다. 엄마가 차린 음식을 온 가족이 둘러앉아 맛있게 먹었다. 엄마, 아빠, 큰오빠, 작은오빠, 유진이 함께 하는 소박하고 평화로운 식사였다. 유진은 자주 어린 시절의 희미한 행복을 그리워했다. 엄마 아빠가 이혼한 후 그런 추억이 더는 없게 되었다. 엄마는 늘 술을 마셨고 항상 힘들다고 했다. 엄마가 힘드니까 유진은 힘들다고 말할 수도 없었다.

유진은 생각했다.

'엄마가 왜 항상 힘들까?'

엄마는 이혼 후 생계를 책임져야 했고 의지할 수 있는 사람이 없었다. 아빠가 어쩌다 주는 몇 푼으로는 생계를 꾸릴 수는 없었다. 무엇보다도 술값으로 지출이 컸다. 엄마는 필사적으로 수급비에 의지했다. 수급비를 받으려면 작은오빠를 복지시설에 맡길 수 없었다. 유진이 가출해도 안 되었다.

술에서 깨면 엄마는 옛날을 그리워하면서 가족이 흩어지지 않기를 바랐다. 큰오빠, 유진이 집에 들어와 예전처럼 함께 살기를 원했다. 유진이 쉼터에서 살기 시작한 첫해 김장철이었다. 엄마가 유진에게 전화했다.

“집에 다녀가. 김장을 넉넉히 했다. 고기랑 김치 가져가라.”

“웬일이에요?”

“그냥 네가 잘살았으면 해서.”

집에서 가져온 수육과 김장김치를 쉼터 식구들과 배불리 맛있게 먹었다. 그날 밤 모처럼 기분이 좋아졌다. 유진은 어두운 천장을 응시하며 엄마를 생각했다. 엄마에게 말을 걸었다.

‘엄마, 술 끊을 수 있어?’

‘자신 없다.’

유진은 엄마의 대답을 이미 알고 있었다. 엄마는 어린 유진의 가슴에 너무도 많은 아픔을 새겨 주었다. 엄마와 다시는 함께 살 수 없다는 것을 안다. 그리움과 깊은 미움이 볼을 타고 소리 없이 흘러내렸다.

아빠는 일용직 건설근로자였다. 아빠의 소득은 일정하지 않았고 돈은 항상 쪼들렸다. 어린 유진의 몸을 만진 일을 두고두고 후회했다. 유진에게 학비를 줄 수 없어서 미안해했다. 시간이 지나도 유진을 자신의 딸이라고 생각했다.

‘띵동.’

‘우리 딸 사랑한다.’

하지만 유진은 아빠의 문자를 확인할 때마다 온몸에 소름이 돋았다. 엄마도 문제였다. 어버이날 엄마, 큰오빠, 작은오빠, 유진이 함께 식사하는 자리였다. 엄마는 식사 중에 술을 주문했다. 조금만 마시겠다고 했다. 큰오빠가 말렸지만 소용없었다. 그날 밤 엄마의 약속은 지켜지지 않았다. 엄마는 몸을 가누지 못한 채 악을 쓰며 같은 말만 반복했다. 엄마가 바라던 가족이 다시 함께 살기는 어려웠다.

자화상

D−149

유진은 주머니에서 꾸깃꾸깃 접은 종이를 꺼냈다. 웹툰 공모전 안내문이었다. 케이는 유진의 얼굴과 종이를 번갈아 봤다. 유진의 얼굴은 긴장으로 들떠 있었다. 많은 상금과 특전이 있었다. 응모 서류는 원고가 3화 분량이고 추가 자료로 시놉시스와 캐릭터 시트였다. 케이는 고개를 끄덕이며 말했다.

"무엇을 그리고 싶니?"

"그림보다 이야기가 힘들 것 같아요."

"그럼 이야기를 같이해 볼까?"

"네."

케이의 제안에 유진의 얼굴이 밝아졌다. 그림은 자신 있었지만, 이야기는 감을 잡지 못했다. 케이는 공모전을 통해서 유진이 자신감과 희망을 얻기 바랐다.

"네 기쁨과 슬픔, 좌절과 고통에 대해 생각나는 것을 노트에 적어 보자."

"네, 노력해 볼게요."

유진은 공모전에 투고를 결심했다.

D-145

유진은 이야기 노트를 만들었다. 자신에 대해 생각하고 질문을 시작했다. 글쓰기를 통해 몰랐던 자신을 만날 수 있기를 바랐다. 케이는 질문을 이어 갔다.

"목표에 대해 말해 볼까?"

"이야기를 완성하려고요."

"주제는?"

"지친 회사원이 극단적인 선택 앞에서 환상의 세계를 만나게 되고 자신을 찾게 되는 이야기 어때요?"

유진은 자신의 이야기를 하고 싶었다. 무기력한 자신에게 탈출구를 찾아 주고 싶었다. 이야기는 느리지만 조금씩 앞으로 나아갔다.

D-142

유진이 힘들어했다. 케이가 물었다.

"무슨 일이 있었어?"

"하나를 깊이 생각하는 것이 어려웠어요."

"어떤 생각을 했는데?"

"생각을 무의식적으로 했어요."

유진은 글쓰기를 하면서 자기 생각을 알아챘다. 그동안의 생각들이 무의식적인, 습관적인 생각이었음을 알게 되었다. 어떤 주제를 깊이 생각해 본 적이 없었는데, 이야기의 주제에 골몰하면서 생각이 열리는 특별한 경험을 했다. 케이는 유진의 발견에 흥분했다.

"유진아, 질문하고 그 질문에 대해서 깊이 생각하는 시간을 갖는 습관이 필요해."

케이는 다시 질문했다.

"우리는 왜 생각하며 살아야 하지? 생각은 질문하기와 같아."

"새로운 것을 찾기 위해서, 잊지 않기 위해서, 내 이야기를 만들기 위해서요."

케이는 생각했다.

'유진이가 이제 글쓰기를 시작했다.'

D-137

케이는 지친 회사원 이야기를 왜 쓰려고 했는지 물었다.

"먼저, 희망은 누구에게나 찾아오고, 누구에게나 자기만의 환상의 세계가 있어요. 때로는 지치고 힘든 사람들에게 공감과 위로를 전달하고 싶어요. 여행하는 것처럼 이야기로 모험을 떠나고 싶고, 주인공을 통해서 하고 싶은 이야기를 펼쳐 보고 싶어요. 항상 각박한 환경 속에서 살아 온 주인공이 순수한 환상 속 세계에서 자아를 어떻게 찾아갈 것인가 기대가 돼요."

케이는 유진의 생각을 격려했다.

"그래, 다음 시간에는 이야기를 어떻게 전개할 것인가 생각해 보자."

D-134

유진은 생각하고 기록하는 것이 힘들었지만 재미있었다. 케이는 이야기의 진행을 물었다.

"등장인물은 주인공 한 명으로 시작합니다. 주인공의 다른 자아가 등장하여 이야기를 풀어갈 예정입니다. 분홍빛, 초록빛, 노란빛, 마지막으로 흰빛을 만나는 과정을 통해 자신을 찾아가게 됩니다."

"등장인물의 성격은?"

"조용하고 고집이 셉니다."

유진의 성격을 그대로 반영한 주인공이었다. 케이는 말을 이어 갔다.

"유진아, 주인공의 조용한 성격 묘사와 고집이 드러나 보이는 상황을 좀 더 자세히 생각해 보자. 빛을 만나는 과정의 장면 묘사를 여러 방향으로 가정해서 적어 보면 어떨까?"

유진은 진행을 어떻게 할까 생각하면서 설레었다. 40~50컷 정도 예정하고 콘티를 잡았다. 콘티를 기반으로 스케치했다. 케이는 유진이 앞으로 나가고 있음을 느꼈다. 공모전이 얼마나 남았나 생각했다.

D-129

유진은 우울했다. 오늘은 하는 것마다 잘되지 않았다. 특히 그림 작업이 순조롭지 않았고, 학원 선생님의 지적이 많았다. 인정받고 싶었다. 공모전에서 좋은 성과를 내고 싶었다. 케이는 말했다.

"그럼, 네 인생이 다른 사람의 인정으로 좌우되겠네?"

"아……. 그러네요."

유진은 다른 사람의 감정과 인정에 집중하면서 상처받고 휘둘리고 자신감을 잃었다. 케이는 공모전 준비를 통해서 유진이 탄탄한 자신을 찾기 바랐다.

D-99

유진이 그리던 작품 앞에서 울었다. 표현하려는 동작이 그려지지 않았다. 심호흡하면서 생각했다.

'울 만큼 열심히 했나?'

잘하고 싶은데 잘되지 않아서 화가 났다. 다른 사람은 잘하는데 자신만 못 하는 것 같아 우울했다. 케이는 물었다.

"유진아, 다른 사람과 계속 비교하면 어떻게 될까?"

"하고 싶은 마음이 사라지겠죠."

"명심해. 유진, 너는 이 세상에 유일한 존재라는 것을."

"네."

"너의 경험을 소중히 생각하기."

유진은 다시 힘을 냈다. 생글생글 웃으며 양치질을 했다. 케이는 유진이 공모전 준비를 완주하기 바랐다.

D-91

유진의 공모전 준비는 더디게 흘렀다. 케이의 피드백이 줄었고 그림은 점차 좋아졌다. 한편, 이야기는 어려웠고 마음은 조급했다. 유진은 차츰 지쳐 갔다.

D-47

유진은 혼자서 동굴 속으로 들어갔다. 케이와 만나는 시간이 줄었고, 그를 끌어낼 수 없었다. 자고 먹는 시간을 제외하고 모든 시간을 이야기와 그림에 몰두했다. 먹는 것은 대부분 배달 음식이었다.

D-3

케이는 유진에게 연락했다. 연락이 되지 않았다. 유진이 어디서 무엇을 하는지 알 수 없었다.

D+2

수척해진 유진이 나타났다. 케이는 어떻게 되었는지 물었다. 유진은 간단히 말했다.

"제출했어요."

"정말?"

"네, 그것으로 끝이에요."

그랬다. 유진은 자기 이야기를 작품에 실어서 보냈다. 그것으로 충분했다. 다른 사람들과 비교도, 수상도 의미 없었다. 케이는 유진을 안았다. 유진은 케이에게 지친 몸과 마음을 기댔다.

수급 분리

엄마는 생계를 위해서 수급비에 의지했다. 유진은 쉼터에서 지내면서 바리스타, 일러스트, 애니메이션, 검정고시 등 교육 기회를 얻었다. 그 외 개인적인 용돈이 필요했다. 별다른 수입이 없어 생활비가 항상 부족했다. 생활비가 쪼들리는 유진은 엄마에게 손을 벌렸다. 엄마는 아껴 쓰라는 잔소리를 하면서 넉넉히 주지 않았다. 유진은 경제적 독립을 위해서 수급 분리를 원했다. 수급 분리는 보호자와 당사자의 동의로 이뤄지는데, 엄마는 반대했고 유진은 원했다. 두 사람 사이에 갈등이 심했다. 쉼터 선생님이 세대 분리를 도왔다. 엄마는 쉼터에 전화했다.

"절대 안 돼요."

"유진의 몫을 주지 않으면 부정 수급이 될 수 있습니다."

소장님은 엄마의 막말에 차분히 설명했다. 엄마는 부정 수급이라는 말에 한발 물러섰다. 그러면서도 엄마는 할 만큼 충분히 했다고 말했다.

"난, 용돈을 충분히 줬어요."

"그렇지 않아요."

유진은 수급 분리의 과정에서 받은 스트레스로 극심하게 탈진했다. 주거지원을 받아 독립하는 유진은 생활비가 더 필요했다. 케이는 한 달 동안 엄마를 설득했다. 엄마는 유진이 독립한다는 것을 알고 어쩔 수 없었다. 마침내 엄마는 세대 분리에 동의했다. 세대 분리 후 엄마의 수급비는 전체에서 30퍼센트 정도 감소했다. 엄마는 생활비가 부족해지자 유진의 수급비 일부를 요구했다. 하지만 엄마가 술값으로 거의 모든 생활비를 사용했기 때문에 유진은 얼마 되지 않는 수급비를 술값으로 줄 수 없었다.

유진은 LH에서 지원한 주택으로 독립해서 마음이 편해지자 그림 그리기에 몰입했다. 독립 후 부족한 생활비를 충당하려고 편의점 아르바이트를 시작했다. 유진이 독립한 얼마 후 엄마가 쉼터에 전화했다.

"유진의 통신비가 200만 원이 넘게 나왔어요."

"어떻게 그럴 수가 있지요?"

"3개월분이 미납이네요."

케이는 유진에게 염려스러운 마음을 전했다. 유진은 미납금이 쌓이고 있음을 알고 있었다. 유료 웹툰, 배달 음식을 핸드폰으로 소액결제했다. 통신비를 수급비만으로 감당할 수는 없었다. 아르바이트가 도움이 되었지만, 시간이 짧아 충분하지 않았다. 굿네이버스 정선 선생님은 청소년 취업지원사업에 참여를 권했다. 유진은 취업이 급했다.

국밥

유진은 괜찮다고 했다. 괜찮지 않은데도 두려워 아무에게도 말하지 못했다. 방 안에 쓰레기가 감당하지 못할 정도로 쌓였다. 더는 쓰레기 사이를 비집고 앉을 수 없어 쓰레기를 깔고 누웠다. 누운 채 먹기를 멈추고 그대로 죽기를 기다렸다. 전화와 문자가 빗발쳤지만, 어느 것도 받고 싶지 않았다.

'전화 좀 받아요.'

'밥은 먹었어?'

'연락해요.'

'문자 해.'

'괜찮아?'

'쉼터에 다녀가.'

'날이 좋다. 산책하자.'

'급한 일이야, 전화해.'

'…….'

'오늘 상담 있는데 왜 안 와요?'

'유진…….'

수없는 문자와 전화에 응답이 없자 사람들은 집에 와서 문을 두드렸다.

"쾅쾅쾅, 유진, 문 열어!"

"안에 있는 것 다 알아. 얼굴 좀 보자."

"똑똑, 정선 선생님이에요. 문 좀 열어 봐요."

"문에 과일 걸어 두었어요. 꼭 먹어요."

"쾅쾅……."

문자가 수백 개 쌓였고 문을 두드리는 사람도 점차 늘었다. 유진은 무기력한 자신을 바라보는 것이 힘들었다. 자꾸 과거의 상처를 탓하는 자신을 봤다. 정신과 심리상담 및 약물치료는 도움이 되지 않았다. 고졸 검정고시 준비를 위해 학원과 인터넷 강의를 지원받았지만, 의욕이 없었다. 좋아하는 그림을 배우기 위해서 미술학원, 웹툰학원에 등록했었다. 어느 것도 어디에도 닿지 않았다. 선생님들이 제공하는 프로그램을 더는 받을 수 없었다. 타인이 그를 안쓰럽게 보는 눈이 싫고 미안했다. 쉼터 케이, 정선 선생님, 쉼터 친구들, 큰오빠에게 미안했다. 아무것도 안 하자 상황이 더 나빠지면서 무기력하고 우울했다. 어두운 방에 섬처럼 갇혀 죽음밖에 대책이 없는 삶이라고 생각했다. 날이 새고 지기를 반복했다. 며칠이 지났는지 알 수 없었다. 마침내 눈에 없는 사람이 보였고 들리지 않는 소리가 들렸다.

"저리 가."

환상과 환청을 보고 들었다. 문자 오는 소리가 무서웠다. 문을 두드리는 소리가 무서웠다. 모든 것이 무서웠다.

'국밥 먹자. 한 시간쯤 뒤에 집으로 갈게.'

남주의 문자였다. 남주는 지난 3년간 쉼터에서 같이 살던 유일한 친구였다. 남주는 말없이 유진의 곁을 지켜 주었다. 유진은 혼자서 중얼거렸다.

"남주가 온다. 국밥을 먹자고."

갑자기 허기를 느꼈다. 간신히 몸을 일으켜 쓰레기 위에 앉았다. 죽기를 원하는 상황에서 허기를 느끼는 자신을 이해할 수 없었다. 죽기를 작정했는데 국밥 먹자는 말에 일어나 앉는 자신이 혐오스러웠다.

남주는 간섭이나 잔소리가 없다. 유진의 이야기를 듣고 짧고 명료하게 대답했다.

"그러냐?"

남주는 유진과 고통을 견디며 쉼터에서 3년을 함께 지냈다. 그의 짧은 대답은 다른 사람의 말과는 다른 무게를 지녔다. 단골 국밥집 구석 자리에 앉았다. 국밥이 나왔다. 남주는 숟가락을 들면서 말했다.

"먹자."

그 말이 전부였다. 유진은 물끄러미 남주를 바라보다가 숟가락으로 국물을 떴다. 죽기를 작정했지만, 생명은 처참한 현실에서도 허기를 느꼈다. 사람이 이렇구나 싶었다. 모든 희망을 잃어도 먹는구나. 배고픔은 무심하고 냉정했다. 국물은 끝내 입으로 가지 못했다. 유진은 숟가락을 들고 눈물을 흘리기 시작했다. 눈물은 뚝뚝 국밥 속에 떨어졌다. 흐느끼며 남주에게 말했다.

"난 과거에서 벗어나고 싶어."

남주는 짧게 되물었다.

"그런데?"

"밤낮으로 엄마, 아빠를 원망하고 있어."

"그래서?"

"이전으로 돌아갈 수가 없어."

"어쩔 건데?"

유진의 울음은 북받쳐 올랐다. 과거의 상처를 되새김했지만, 돌아갈 수도, 원망할 수도 없었다. 과거는 돌이킬 수 없었고 살아서는 벗을 수 없는 상처였다. 이전으로 돌아가는 것은 불가능했다. 원망과 갈망 사이에 갇혔다. 덫에 걸린 짐승처럼 대책 없이 흐느꼈다. 모든 것을 포기하고 싶었다. 남주는 유진의 고통과 슬픔을 자신의 것처럼 느꼈다. 남주는 수저를 놓고 울먹이며 말했다.

"어쩔 수 없잖아. 안고 가야지."

그랬다. 유진은 알았다. 현재의 자신이 과거의 자신과 다르다는 것을. 과거의 상처가 남긴 흉터를 끌어안고 앞으로 나가야 한다는 것을. 그것이 쉬웠다면 그렇게 했을 것이었다. 남주는 무참하게 말했다.

"우린 흉터로 얼룩진 지금의 우리밖에 가진 것이 없어."

"……."

"그래서 미안해."

유진은 얼굴을 떨구고 다시 흐느꼈다. 남주는 설움으로 흔들리는 작고 힘없는 유진의 어깨를 말없이 바라봤다. 유진의 울음을 자신의 눈물처럼 고스란히 받았다. 유진의 울음은 원망과 아쉬움으로 가득했다. 울음은 길고 질겼다.

이윽고 천천히 고개를 끄덕였다. 울음에서 아쉬움과 분노가 잦아들었다. 어떤 벽을 넘은 울음이었다. 울음이 수그러들고 잠잠해지자 남주는 휴지를 건넸다.

유진이 마침내 숟가락을 들었다. 남주도 다시 숟가락을 들었다. 눈물이 마른 눈으로 둘은 말없이 국밥을 먹었다.

신입사원

유진은 담담하게 지난 4년의 공백기를 말했다. 차태평 대표는 한동안 눈물을 흘리며 창밖을 바라봤다.

유진은 나직하게 말했다.

"공백기에 뭐 했냐고 물으셨나요? 저는 죽음을 건너왔어요."

차태평 대표는 차분한 목소리로 말했다.

"주 5일간 일할 수 있어요?"

"네."

차태평 대표와 유진은 지원 과정에서 느낀 몇 가지를 더 이야기했다. 점심때였다. 차태평 대표는 유진에게 점심을 같이 먹자고 했다.

"다음에요."

서둘러 쉼터에 가고 싶었다. 쉼터 선생님, 정선 선생님, 쉼터 친구, 케이를 보고 싶었다.

"안녕하세요. 신입사원 유진입니다."

일주일 뒤 유진은 '주식회사 창(窓)'에 첫 출근했다. 케이는 큐에게 이메일을 썼다.

큐에게

아이에게 너무 일찍 많은 고통이 있었습니다. 자신을 잃고 타인의 기준으로 살면서 자신을 포기했습니다. 자신을 알아주는 한 친구의 도움으로 아이는 끈질기게 일어나 살려고 합니다.

어른이 못한 일을 아이가 했습니다.

케이.

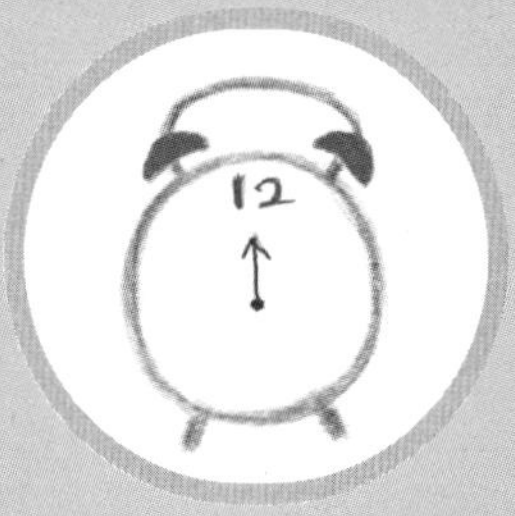

애란 이야기

점차 애란은 친구나 지인과 관계가 끊어지는 아픔을 극도로 두려워하게 되었다. 단절의 두려움은 치유되지 않는 병처럼 애란의 가슴 안에 똬리를 틀었다.

습관

"♬너의 색깔로♫ 날 물들여 줘 더 진하게 강렬하게 (yeah babe) 빨♬-빨♬-빨간 맛, 궁금해 honey (honey)"

새벽 5시, 애란의 아침은 빨간 맛 알람으로 시작했다. 새벽에 잠든 아이들은 알람 소리에 궁시렁댔다. 애란은 씻고, 화장하고, 아침밥을 먹었다. 7시가 되면 어김없이 쉼터를 나갔다. 애란의 이런 새벽 습관은 입소 첫날부터 시작되었다. 이 습관은 쉼터를 퇴소할 때까지 이어졌고, 아이들은 끝내 적응하지 못했다.

애란은 가방을 메고 여행용 가방을 끌고 혼자서 쉼터에 들어왔다. 커다란 가방은 가벼웠다. 쉼터 입소 전에는 모자원에서 엄마와 생활했다. 엄마는 애란을 자주 때렸다. 구박과 폭력은 예측할 수 없었다. 맞고, 굶던 습관은 애란에게 익숙했다. 도움을 청할 사람이 아무도 없었다. 애란은 학교 선생님에게 문자를 보냈다.

'선생님, 저 좀 살려 주세요.'

담임 선생님이 모자원으로 찾아왔다. 엄마는 밝은 표정으로 별일 아니라고 했다. 선생님이 돌아간 후 엄마는 애란을 또 때렸다. 애란은 더는 이대로 살 수 없어 엄마로부터 탈출했다.

"엄마는 어떤 사람이니?"

애란은 어깨를 들썩이며 큰 숨을 내뱉었다. 굳게 다문 입술 사이로 비웃음이 스쳤다. 애란은 엄마와 일정한 주소 없이 모텔을 떠돌았다. 이 모텔에서 저 모텔로 떠돌며 정처 없이 자랐다. 학교에 가는 날보다 가지 않는 날이 많았다. 1년 동안 학교에 가지 못한 적도 있었다. 엄마는 물론이고 어떤 어른도 어린 애란을 보호하지 않았다. 엄마를 보면 화가 치밀어 올랐고 함께 살고 싶지 않았다. 쉼터에 입소한 다음 날 엄마는 애란과의 통화를 원했다.

"선생님, 애란이 좀 바꿔 주세요. 애가 전화를 받지 않아요."

"애란의 의사를 물어보고 전화하겠습니다."

애란은 통화를 거부했다. 엄마 목소리는 애란의 상처를 불러일으킬 뿐이었다. 얼룩진 상흔은 두꺼운 가면을 만들었다. 더는 떠돌며 살고 싶지 않았다. 쉼터에서 계속 살고 싶었다. 엄마는 애란에게 교통비 이외의 용돈은 주지 않았다. 용돈이 없어서 친구들과 어울릴 수 없었다. 열여섯 살인 애란은 아무것도 할 수 없었다.

애란의 아빠는 일본인이다. 일본에 사는 아빠는 일 년에 한 번 찾아왔다. 한 번 오면 이삼일을 애란과 보냈다. 애란은 아빠와 지낸 이삼일이 가장 행복했던 시간으로 기억했다. 아빠는 애란이 원하면 무엇이든지 들어줬다. 애란은 일본어를 몰라서 아빠가 어떤 사람인지 무엇을 하는지 몰랐다. 원하는 것을 해주기 때문에 좋은 사람으로 생각했다. 엄마는 아빠와 애란이 직접 소통하는 것을 막았다. 애란은 끝까지 아빠의 일본 연락처를 몰랐다.

'난, 쓸모없고 무능해.'

애란은 스스로 비관했다. 하지만 학교 친구들과 잘 어울렸다. 자신감이 넘치는 것처럼 보였다. 갸름한 얼굴형에 검고 찰랑거리는 짧은 단발은 유난히 하얀 애란의 피부와 대비되었다. 눈매는 날카롭게 경계의 날을 세웠다. 애란의 얇은 입술은 늘 굳게 다물어져 있었다. 애란은 가늘고 높은 톤으로 소리 지르듯 말했다.

"손대지 마!"

또래들은 애란의 말을 거역할 수 없었다.

엄마

엄마는 일본 여행객에게 우리나라 여행지를 안내했다. 아빠는 일본인 해외 여행 인솔자였다. 아빠가 일본인 관광객과 한국을 방문하면 엄마는 안내를 했다. 아빠와 엄마는 파트너로 일했다. 젊은 두 사람은 일본 여행객들과 함께 여행지를 떠돌았다. 낮에는 같이 일을 했고, 밤에는 연인이었다. 아빠는 한국과 일본을 오가며 일했다. 엄마는 한국에서 지내면서 아빠가 관광객을 이끌고 오기를 기다렸다.

"오빠, 나, 임신한 것 같아."

"걱정하지 마. 내가 책임질게."

결혼하지 않은 상황에서 애란이 태어났다. 애란이 태어난 후 아빠는 일본으로 돌아갔다. 아빠를 기다리며 엄마는 혼자서 애란을 키워야 했다. 미혼모 한 부모 가장이 되었다. 아빠가 주고 간 돈이 곧 바닥났다.

"혼자서 아이를 키울 수가 없어요. 일도 제대로 할 수 없고, 도와주세요."

살던 집 월세가 밀렸고 전기가 끊겨 난방도 할 수 없었다. 분유를 살 수 없게 되자, 엄마는 애란을 등에 업고 동사무소에 가서 울었다. 엄마는 국민기초생활보장 수급자가 되었다. 먹고사는 것이 어느 정도 가능해졌다. 엄마는 기약 없는 시간을 견디며 조금 있는 돈으로 경마를 시작했다. 엄마는 경마장에 어린 애란을 데리고 갔다. 애란에게는 경마장이 유치원이었다. 엄마는 경마장 가는 것을 아빠에게 숨겼다. 경마 후 만나는 낯선 남자들과 잠자리도 함께 했다. 물론 아빠에게는 철저히 숨겼다. 엄마는 술을 많이 마셨고 모텔과 원룸에서 낯선 남자들과 어울렸다. 그때마다 애란은 방치되었다.

"엄마! 엄마, 어딨어? 뭐 해?"

"나가!"

어느 날 애란은 잠결에 엄마를 찾았다. 엄마는 낯선 남자와 벌거벗은 채 침대에 있었다. 엄마는 불같이 화내며 소리쳤다. 날카롭고 싸늘한 엄마의 음성은 애란의 가슴에 각인되었다.

아빠의 한국행이 일 년에 한 번으로 굳어졌다. 엄마는 애란에게 낯선 남자를 새아빠라고 소개했다. 새아빠와는 결혼하지 않은 채 한동안 살았다. 새아빠는 애란에게 친절했다. 얼마 후 여동생이 생겼다. 새아빠의 관심은 여동생이었고 애란을 전처럼 대하지 않았다. 애란은 점차 집에서 사는 것이 싫었다. 엄마는 경마장에서 보내는 시간이 점점 많아졌다. 엄마는 새아빠가 맡겨 둔 돈을 경마로 몽땅 잃었다. 어느 날 엄마는 애란에게 조용히 말했다.

"애란아, 동생이랑 엄마랑 놀러 가자."

"소풍 가는 거야?"

애란은 그냥 집에서 나가는 것이 좋았다. 엄마는 빚이 늘자 애란과 동생을 데리고 새아빠로부터 도망쳤다. 그 후로 애란은 새아빠라는 사람을 본 적이 없다.

엄마는 돈 때문에 다른 사람들과 싸움이 잦았다. 술 취한 날은 폭언과 폭력이 이어졌다. 그런 날이면 애란은 거리를 배회했다. 버려진 느낌을 지울 수 없었다. 어린 애란은 엄마와 관계가 끊어지는 것이 죽음과 같았다. 잘 모르는 아빠와 술 취한 엄마로부터 버려지는 아픔은 애란의 중학교, 고등학교 시절 내내 유령처럼 따라다녔다. 점차 애란은 친구나 지인과 관계가 끊어지는 아픔을 극도로 두려워하게 되었다. 단절의 두려움은 치유되지 않는 병처럼 애란의 가슴 안에 똬리를 틀었다.

학교

애란은 쉼터에서 학교에 다니고 싶어했다. 하지만 친구들에게는 자신이 쉼터아이라는 사실을 감췄다. 쉼터에서 사는 것이 알려지면 따돌림을 당하기 때문이었다. 시설 거주자가 학교에서 따돌림 당하는 모습을 쉼터에 오기 전에 여러 번 봤다. 체육시간이었다. 아이 중 하나가 애란에게 큰 소리로 말했다.

"너 상담 안 해?"

당황한 애란은 못 들은 척했다. 상담 선생님이 오는 날이면 신경이 곤두섰다. 개별 상담에 대해서 아이들이 수군댔다. 애란을 두고 같은 반 아이들이 자주 속닥거렸다. 점차 집단 활동에서 어떤 모둠에도 끼지 못하고 혼자 남았다. 그런 날이면 애란은 잠을 잘 수 없었다. 케이가 말했다.

"솔직하게 말하는 게 어때? 언제까지 숨길 수 없잖아."

"왕따가 될 거예요."

애란은 솔직하게 말할 수 없었다. 결국 아이들 사이에서 애란이 쉼터에서 거주한다는 사실이 알려졌다. 점차 완전히 고립되었다. 애란은 학교에서 따돌림을 견딜 수 없었다. 따돌림은 어린 시절에 겪었던 버려짐과 같은 고통이었다. 잠을 잘 수 없는 날이 이어졌고 지각과 결석이 잦았다.

애란이 중학교 3학년 진급을 앞둔 겨울방학에 아빠가 들어왔다. 아빠는 대부분의 시간을 애란과 보냈다. 애란은 아빠가 와서 행복했다. 아빠가 사 준 옷들을 아이들에게 자랑했다. 학교에서의 따돌림을 잠시 잊는 듯했지만 방학은 끝나 가고 있었다. 애란은 개학날이 다가오자 불안해졌다. 잠들지 못했고 입맛도 잃었다. 방에서 나오지 않던 애란은 케이에게 갑작스럽게 요청했다.

"선생님, 저 전학시켜 주세요."

"왜?"

애란은 전학을 희망했다. 고립된 상태로 남은 학기를 다닐 자신이 없었다. 지각과 결석이 많아 고등학교 진학도 어려웠다. 학교에서 애란의 지각에 대해 알렸지만 엄마는 무관심했다. 케이는 엄마와 애란의 전학을 여러 차례 상담했지만 좀처럼 동의를 얻어낼 수 없었다. 그러다가 모든 사람이 지쳐갈 무렵 겨우 전학할 수 있었다.

애란은 새 학교 적응이 힘들었다. 자주 결석했고 학교 아이들과는 친해지지 못했다. 일본인 아버지와 쉼터 거주를 포함해서 감추고 싶은 것들이 너무 많았다. 학교 아이들은 애란의 날카로운 눈빛과 거리를 두었다. 쉼터 아이들의 사소한 말에 애란은 상처를 받았지만 자신 있는 척 화려하게 꾸몄다. 스스로 무너지지 않기 위해 강인함의 가면을 썼다. 가면은 쓸모 있음에 대한 집착이었고 관계 유지를 위한 몸부림이었다. 죽음처럼 무서운 버려짐에 대한, 버려지지 않으려는 노력이었다. 애란은 버려질까 봐 두려움으로 전전긍긍했다. 이런 생각은 엄마와 모텔을 떠돌던 시절에 각인되었다. 엄마는 도박장에 갈 때, 경마장에 갈 때, 술을 마실 때, 낯선 남자와 잠자리에 들 때, 자주 애란을 거추장스러운 장애물이라고 생각했다. 애란은 그때마다 방치되었고, 엄마의 생각을 느낄 수 있었다. 자신이 쓸모없게 되면 버려질 것이라고 확신했다.

"애란아, 밥 먹자."

"……."

케이가 불러도 애란은 대답이 없었다. 애란은 우울하고 무기력했으며, 쓸모 있음을 입증하는 것에 실패할 때마다 말없이 방안에 틀어박혔다. 정신병원에 입원하고자 했다. 어린 애란은 버려짐이 죽음보다 무서웠다.

"학교 가기 싫어요."

애란은 자신의 실체가 아이들에게 밝혀지는 것이 두려워 학교가 겁났다. 반 친구와 대화를 의도적으로 단절했다. 단절은 숨김이었고 겉보기에는 이유가 없는 결석이었다. 애란은 어떤 일에도 확신이 없었고 불확실성 속에서 떠돌았다. 케이는 엄마에게 애란의 상태를 전화로 알렸다.

"어려서부터 애답지 않았어요."

엄마는 그것이 모두 자신의 잘못이라고 했다. 엄마가 애란을 만나기 위해 쉼터에 왔다. 애란은 만남을 거부했다. 엄마는 3만원과 문화누리 카드를 놓고 갔다. 애란은 열일곱 살이었다.

아빠

젊은 시게루는 한국과 일본을 오갔다. 여행자가 많을 때는 한 달에 세 번씩 다녀갔다. 어느 땐 일주일에 한 번씩 왔다. 한 해의 절반을 한국에서 보냈다. 그렇게 이십 대 후반을 지나 삼십 대 초반이 되었다. 비슷한 또래 직장인보다 경제적으로 성공한 삶이었다. 어려서부터 여행을 좋아했다. 낯선 곳에서 맞는 밤을 좋아했다. 걸릴 것 없고 쓸쓸하며 적막하게 다가오는 밤을 즐겼다. 하루를 끝내고 시원한 맥주를 마시는 것이 최고의 행복이었다.

시게루의 아침은 빨랐다. 은퇴한 관광객들을 버스에 태우고 한국의 유적지를 돌아다녔다. 시게루는 한국말을 전혀 몰랐다. 관광지나 숙소에서 한국인과의 대화는 전적으로 하련[2]에게 의지했다. 하련은 현지 가이드였다. 시게루는 본사의 한국 협력업체가 추천한 하련을 호텔 로비에서 처음 만났다. 시게루는 하련의 완벽한 일본어보다 외모를 좋아했다. 키 크고 날씬한 하련의 첫인상은 불안하고 들떠 보였다.

'처음이라 그렇겠지.'

시게루는 생각했다. 버스가 유적지에 도착하면 하련의 활약이 두드러졌다. 관광객을 대하는 태도도 정중했다. 시게루는 하련이 맘에 들었다. 3박 4일의 여행은 순조롭게 끝났다. 시게루는 4일째 되는 날 저녁 식사에 하련을 초대했다.

"이번 여행에서 하련 씨의 활약이 컸어요."

2 애란의 엄마 이름

"처음이라, 서툴렀어요."

"아니오. 최상의 안내였어요."

"다음엔 좀 더 잘하고 싶어요."

시게루는 한국에 올 때마다 하련에게 연락했다. 하련도 시게루와 일하기를 좋아했다. 시게루는 성실하고 책임감이 있었으며 여행 인솔자로서 부족함이 없었다.

쉬는 날이면 경마장을 찾았다. 하련도 자주 같이 갔다. 일도 좋았지만, 휴일을 함께 보내서 더 좋았다. 두 사람은 젊었고 싱글이었다. 시게루와 하련은 저녁을 같이 먹는 날이 많아졌다. 시게루가 먼저 하련에게 좋아한다는 마음을 비쳤다. 시게루는 하련을, 하련은 시게루를 사랑했다. 일과 사랑은 계속되었고 3년째 되는 해 하련이 임신을 했다.

시게루는 아이를 낳자고 했다. 하련도 시게루를 닮은 아이를 낳고 싶었다. 시게루는 일이 없을 때도 한국에 왔다. 시간이 지나 애란이 태어났다. 시게루는 휴일이면 어린 애란과 시간을 보냈고 애란이 커 가는 모습을 좋아했다. 하지만 하련은 애란을 낳고 심한 우울증에 시달렸다. 하련이 무기력해지자 시게루가 애란을 돌보기 위해 더 많은 시간을 집에서 보냈다. 본사에서는 시게루를 자주 찾았고, 하련은 시게루가 일본으로 떠날까 봐 불안했다.

"곧 올게."

어느 날 시게루는 일본으로 떠났다. 본사 사장이 은퇴하면서 시게루에게 여행사를 맡겼다. 여행사 대표가 된 시게루는 해외 여행 인솔자로 현장을 다닐 수 없었다. 그즈음 우리나라 대법원의 강제징용 배상 판결의 영향으로 한일관계는 몹시 불안정해졌다. 아베 내각은 불화수소 같은 첨단 제품을 한국으로 수출하지 못하게 규제했다. 이에 대한 대항으로 한국은 일본 관광 반대와 일본 제품 구매를 거부하는 등의 불매운동이 확산되었다. 이런 여파로 한국행 일본 여행객도 사라지자 시게루의 여행사는 일본 관광객을 동남아, 유럽, 미국으로 안내했다. 시게루가 한국에 오는 기회가 점차 줄어들었다.

"한국으로 가는 여행객이 없어. 자주 못 가서 미안해."

"아이 양육비가 없어요."

하련은 애란의 양육비가 부족하다고 시게루에게 연락했다. 시게루는 직접 올 수는 없었지만 애란의 양육비 만큼은 정기적으로 보냈다. 받은 양육비의 대부분을 하련은 도박과 음주로 허비했다. 시게루는 점차 시간이 지나면서 양육비가 애란에게 쓰이는지 의심하기 시작했다. 하련이 젊은 날 자신이 사랑하던 여인이 아니라고 느꼈다. 시게루는 일 년에 한 번이라도 애란을 보고 싶었다. 그래서 한국에 왔지만 애란이 일본어를 하지 못해 하련의 통역에 의지해야 했다. 소통은 어려웠고 제대로 전달되지도 않는 눈치였다. 시게루는 애란의 마음 깊은 곳에 자리 잡은 불안감을 느꼈다. 그는 하련과 애란의 행동에 자주 절망했다. 절망하지만 자신의 의무를 다하는 것이 도리라고 생각했다. 그렇게 세월이 흘렀고 시게루는 일본에서 가정을 꾸려 아들 하나, 딸 하나를 두었다.

퇴소와 재입소

애란은 고등학교에 진학했다. 학교는 쉼터에서 버스로 한 시간 이십 분 정도 떨어진 곳이었다. 교통비, 기숙사비, 교복, 교과서, 생활비가 필요했다. 미용 관련 학과라 실습비가 추가되었다. 케이는 애란에게 그룹홈으로 이관을 권했다. 그룹홈에 살면 애란 몫의 수급비를 직접 받을 수 있기 때문이었다. 엄마와 상의 후 그룹홈으로 이사했다. 애란은 그룹홈에 잘 적응하는 것처럼 보였다. 하지만 얼마 지나지 않아 그룹홈 아이들과 크게 싸웠다. 그 일로 입소 날로부터 3개월 20일 후 애란은 그룹홈을 퇴소했다. 퇴소 후 주중에는 기숙사에서, 주말에는 친구 집에서 생활했다. 방학이 되면서 친구 집에 오래 있을 수 없게 되자 다시 쉼터에 입소했다. 애란은 열아홉 살이 되었다.

패션쇼

애란은 오랫동안 자신의 진로를 정하지 못했다. 응급구조사와 스타일리스트를 두고 고민했다. 진로를 정하지 못하면 자립도 불가능했다. 케이는 애란이 패션에 관심과 재능을 보인다고 생각했다. 그래서 애란에게 스타일리스트를 권했다. 애란은 그것이 무엇인지 잘 몰랐다. 스타일리스트가 옷을 잘 차려입는 일이라고 쉽게 생각했다. 케이가 말했다.

"애란, 일러스트와 포토샵 과정 배우면 어때? 옷 디자인하는데 도움이 될 거야."

애란은 청소년상담복지센터의 특별지원사업 과정을 시작했다. 비슷한 시기에 월드비전의 사각지대 위기아동 지원사업의 도움으로 패션학원 6개월 프로그램을 시작했다.

애란이 패션학원에 다니면서 무단 외박이 늘었다. 준비할 것이 많아서라고 변명했다.

"엄마 만나러 왔어요."

어떤 날은 엄마를 만나러 지방에 왔다고 했다. 쉼터에서 생활하고 싶지만, 쉼터의 규칙을 지킬 수가 없었다. 케이는 애란의 일정을 확인했다. 한 달 후인 5월에 청소년의 달 행사, 6월 고교패션대회, 11월 에스모드 면접 준비 등으로 빠듯했다. 쉼터는 애란의 상황을 두고 회의를 했다. 케이는 회의의 결정 내용을 애란에게 전달했다.

"막차 시간까지 연습하고 귀가하는 것을 허용하는데, 할 수 있겠니?"

"그렇게 해야지요."

애란은 지키지 못할 약속을 했다. 대답은 순순히 그러겠다고 했지만 무단 외박은 계속될 것이다. 케이는 개인적인 생각을 말했다.

"애란아, 네가 하고 싶은 꿈을 찾아서 열심히 하려고 하는데, 도움이 안 되서 미안해. 쉼터가 허용하는 한계가 있어서 네가 원하는 것을 채워 줄 수 없구나. 지낼 수 있는 곳이 있으면 새 환경이 더 도움이 될 수도 있을 것 같은데. 어떻게 생각하니?"

"케이, 제 통화를 들으셨어요?"

애란은 케이가 무슨 말을 하는지 금방 알아차렸다. 친구와 상의한 결과 동의를 얻었지만, 용기가 나지 않아서 말하지 못하고 있었다. 케이가 말문을 열어 준 덕분에 속마음을 털어놓을 수 있게 되었다.

"지금 받는 지원이 중단될까 봐 걱정되어서 말을 못 하고 있어요."

"언제부터 그런 생각을 했니?"

"한참 되었어요."

케이는 설명했다.

"퇴소를 한다고 하더라도 지속적으로 연락이 되고 네가 열심히 하는 모습을 보이면 지원을 끊지 않을 거야."

"그래요? 그럼 저 바로 퇴소할게요."

케이의 설명을 듣고 애란은 마음을 굳혔다. 케이는 설명을 더 보탰다.

"퇴소 후에도 너에게 지원을 할 수 있는 새로운 사업이 있다면 챙겨서 더 지원해 줄 거야."

"열심히 해서 꼭 성공할게요. 멋진 모습으로 찾아올게요."

애란은 자신의 성공을 몇 번이고 다짐했다. 케이는 함께할 친구에 관해서 물었다. 애란은 들떠서 말했다.

"친구는 LH 공사에서 지원받은 투룸에서 혼자 살아요. 중학교부터 친구이고 고등학교를 졸업했어요. 미용사 시험을 준비하는데, 아침 여덟 시 삼십 분부터 오후 세 시까지 시험을 준비해요. 오후 다섯 시부터 아르바이트를 하고 있고, 수급비도 받고 있어요. 그 친구가 제 피팅모델이 되어 준다고 했어요."

애란은 답답했던 일이 해결되자 기분이 한결 나아졌다. 앞으로의 계획을 케이에게 자신있게 말했다. 애란은 청소년의 달 행사를 며칠 앞두고 퇴소했다.

1년쯤 지난 어느 날, 애란은 쉼터를 찾아왔다.

"한지문화축제 무대에 선 제 작품이에요."

"디자인이 굉장히 색다르다."

"삼국시대 의복을 조사해서 아이디어를 냈어요."

애란은 그동안 혹평 받은 작품들과 성과에 대해 말했다.

"아이들이 있었으면 함께 기뻐해 줄 텐데."

"모두 잘 돼서 독립했잖아요."

애란은 아쉬운 눈빛으로 말했다. 작품을 아이들에게 자랑하고 싶었다. 쉼터를 나갈 때 친구들과 풀지 못한 갈등을 화해하고 싶었다. 하지만 남주는 서울로 대학을 갔고, 유진은 독립해서 직장에 다녔다. 애란은 끝내 친구들과 화해할 기회를 놓쳤다. 자랑은 허망했다. 케이는 애란에게 따뜻한 밥을 먹이고, 애란이 사용하던 방에서 자고 가게 했다. 애란이 화해하고 싶었던 친구들이 지금은 곁에 없지만 언제가는 다시 보게 될 거라고 마음을 달랬다. 애란이 잠든 후 케이는 큐에게 이메일을 썼다.

큐에게

아이는 뿌리 없이 흘러 다녔습니다. 또래는 무감각했고 부모는 무책임했습니다. 그런 아이도 자신을 삶을 포기하지 않았습니다.

큐는 어떤 고통 때문에 무엇을 포기하시나요?

케이.

남주 이야기

모든 친척이 남주와 언니에게서 등을 돌렸다. 그들은 폭력을 행사한 아빠나 오빠한테는 관대했다. 신고한 언니와 남주는 인간의 도리를 저버린 패륜아처럼 대했다.

폭력

남주는 한 단어씩 피를 토하듯 내뱉었다. 눈가에는 피멍이 선명했다. 앳된 얼굴을 가진 열일곱 살의 고등학교 1학년이었다.

"어른이 되기 전에 죽을 것 같았어요."

케이는 생각했다.

'이 아이에게 무슨 일이 있었을까?'

남주의 서류는 얄팍하고 내용은 짧았지만, 어린아이가 겪은 일이라고 하기엔 너무도 고통스럽게 느껴졌다. 쉼터에 오기 전에 남주는 아빠, 언니, 오빠와 함께 살았다. 엄마는 7년 전에 우울증으로 자살했다. 초등학교 3학년이던 남주는 엄마의 죽음을 이해할 수 없었다. 아빠는 일용직 노동자였다. 공사 중 건물이

붕괴하여 다리를 다쳤다. 균형을 잡을 수 없는 다리로는 일용직 노동을 감당할 수 없었다. 실직 후 항상 술에 절어 살았다.

"너 때문이야!"

취하면 그의 불행이 언니 탓인 듯 언니를 때렸다. 언니가 없으면 남주가 대신 그 폭력을 받아야 했다. 결국 언니는 폭력을 피해 이모 집으로 도망쳤다. 오빠는 1년 반 전에 군에 입대했다. 입대 전 구직에 연이어 실패했는데, 오빠 역시 그 스트레스를 폭력으로 풀었다. 마치 모든 불운이 남주 탓인 듯 남주를 자주 때렸다.

중3일 때 아빠는 자고 있던 남주의 몸을 강제로 만졌다. 남주는 더럽고 참담한 느낌을 잊지 못했다. 그 뒤로 아빠와 둘이 한 공간에 있을 수 없었고 눈을 바로 볼 수도 없었다. 아빠의 알코올 의존은 점점 심해져 하루에 네다섯 병의 소주를 마셨다. 온종일 만취 상태일 때가 대부분이었다. 남주가 고1이던 가을 아빠는 만취 상태에서 언니와 남주를 구타하며 막말을 했다.

"내 집에서 살려면 공과금을 내라."

펜치로 드라이어와 휴대폰 충전기의 전선을 잘라 버렸다. 술에 취한 눈은 뒤집혀 있었다. 펜치로 찌를 듯이 휘두르며 언니와 남주를 윽박질렀다. 아빠를 피해 도망쳐 나왔고 새벽까지 어둠 속을 헤매야 했다.

그 뒤에도 언니와 남주는 죽음의 고비를 여러 번 넘겼다. 남주는 고등학교를 졸업할 때까지 어떻게든 버텨 보려 했다. 하지만 졸업도 하기 전에 죽을 것 같아 가출했다.

"선생님, 살려 주세요!"

학교 선생님의 도움으로 아빠를 신고했다. 아동보호전문기관은 남주를 곧바로 분리 조치했다. 다음 날부터 남주는 그룹홈에서 살게 되었다. 하지만 그룹홈은 학교생활을 하는데 불편함이 많아 쉼터로 옮겼다. 남주의 나이는 열일곱이었다.

엄마

남주가 열 살 때 일이다. 남주는 엄마의 음주를 어렴풋이 알았다. 처음에는 아빠가 남긴 술을 몰래 마셨다. 나중에는 부엌 싱크대 문을 열고 식용유, 식초, 액젓 사이에서 술병을 꺼내 들었다. 남주는 엄마의 음주 습관이 얼마나 위험한 것인지 알지 못했다. 아빠는 술 취하면 엄마를 때렸다.

"죽여라, 이놈아! 그래 너 죽고, 나 죽자!"

엄마는 살기를 포기한 듯 마구 비명을 질렀다. 악다구니를 쓰며 덤볐고, 그렇게 맞선 대가로 피를 흘렸다. 엄마는 피투성이가 된 몸으로 말없이 술을 마셨다. 퉁퉁 부어오른 멍든 눈에서는 소리 없는 눈물이 흘러내렸다. 남주는 절망적인 엄마의 표정을 기억했다. 남주는 언니를 제외하고는 아무에게도 아빠의 구타나 엄마의 음주 사실을 말하지 못했다.

엄마는 음식점 주방에서 일했다. 식은 음식을 챙겨 와 가족을 먹였다. 살림은 저승사자처럼 목을 조였다. 언니는 나이를 속이고 아르바이트를 했다. 악귀 같은 폭력을 받은 날이면 엄마는 취해서 다음 날 일을 나가지 않았다. 며칠씩 씻지도 먹지도 않았다. 어두운 방에 누워서 자다 깨다 했다. 남주는 엄마와 아빠가 취하는 것이 무엇보다 두려웠다. 술을 아빠 몰래 버리고 싶었지만 두려워 그러지도 못했다. 남주와 언니는 불안에 떠는 것 말고는 할 수 있는 게 아무것도 없었다.

엄마는 점차 일상에서 벗어나고 있었다. 자주 토하거나 의식을 잃었다. 약속을 기억하지 못해 남주는 자주 실망했다. 아빠의 폭력이 없어도 엄마는 술에 취해서 울었다. 울면서 자신의 불행을 이야기했다.

"저 인간 때문이야!"

울면서 아빠의 무능을 욕하고 폭력을 저주했다. 엄마는 점점 무기력해졌고 집안 살림을 하지 않았다. 설거지가 쌓였고, 쓰레기가 악취를 풍기고, 집안 곳곳에 검은 곰팡이가 피어오르기 시작했다. 가족들은 점점 유령이 되어 가고 있었다.

'떠나야지.'

엄마는 들릴 듯 말 듯 혼잣말을 자주 했다. 아무도 없는 어느 날, 엄마는 사라졌다. 어디에서도 찾을 수 없었다. 엄마가 사라진 날에도 아빠는 취해서 아무도 알아보지 못했다.

'울지 마라.'

엄마는 쪽지와 함께 고향집에서 발견되었다. 엄마는 술에 취하면 고향집의 따뜻하고 아늑했던 어린 기억을 이야기하곤 했다. 장례는 조촐했다. 아빠는 장례식 내내 취해 있었다. 오빠는 쉼 없이 욕을 해댔다. 언니는 먹지 않고 장례식 내내 울었다. 남주는 말없이 슬픔을 삼켰다.

2차 피해

고등학교 일학년 남주는 아빠의 폭력을 경찰에 신고했다. 남주는 출동한 두 명의 경찰을 대문 앞에서 맞이했다. 경찰은 신고자가 미성년임을 확인했지만 남주의 이야기를 듣는 둥 마는 둥 했다. 경찰은 현관 앞에서 집 안을 대충 둘러보고 말했다.

"어떻게 아빠를 신고하냐?"

"가족끼리 오해가 있는 것 같은데 잘 풀어 보세요."

출동한 두 경찰은 번갈아 가며 하나 마나한 이야기를 했다. 남주는 말문이 막혔다. 화가 화산처럼 끓어 올랐다.

'오죽하면 경찰에 신고했을까요?'

'오해? 내 얼굴의 피멍이 안 보이나요?'

경찰은 들고 있는 서류에 몇 자 적더니 그냥 돌아갔다. 남주는 경찰이 피해자의 편이 아닐 수도 있다는 걸 비로소 깨달았다.

쉼터에서 살면서 학년이 바뀌었다. 학기 초에 남주는 2학년 담임 선생님과 상담했다. 상담에서 아버지와 오빠의 폭력을 피해 쉼터에서 산다고 말했다. 상담 중 담임 선생님은 비웃듯이 말했다.

"아빠가 너를 때린 건 사랑이야. 그런 거로 집을 나와 쉼터에서 살아?"

남주는 담임의 말을 되새겼다.

'수많은 폭력과 죽을 고비를 넘기는 사건들이 사랑이라고?'

담임의 말은 위태롭게 눌러 놓았던 남주의 상처를 후벼팠다. 남주는 확 달아오르는 열기를 느꼈다. 울분이 숨을 조여 왔다. 쓰레기통에 처박힌 듯 더럽고 비참했다. 남주는 쉼터에 어떻게 돌아왔는지 기억이 없었다. 케이에게 수치심과 분노를 말했다. 케이는 담임의 말은 2차 가해라고 했다.

"남주야, 네 잘못이 아니다. 담임은 폭력 감수성이 낮은 사람이다."

남주는 경찰에 이어 담임을 불신하게 되었다. 이는 친척들도 마찬가지였다.

언니와 남주가 집을 떠나고 나서의 일이다. 오빠는 술 취한 아빠와 살림을 혼자서 감당하기에 너무도 버거워했다. 게다가 아빠가 치매 증상까지 보이기 시작했다. 소식을 듣고 안 가 볼 수가 없었다.

언니는 조심스럽게 현관문을 당기며 생각했다.

'아무도 없었으면 좋겠다.'

알 수 없는 냄새가 코를 틀어막게 했다. 집 안은 썩어 가는 쓰레기들이 나뒹굴었고, 검푸른 액체가 현관까지 흘러나왔다. 냉장고 문을 열자 물건들이 악취를 토하며 쏟아져 내렸다. 쌓여 있는 그릇에서 곰팡이가 피어오르고 있었다. 아빠는 알 수 없는 누군가와 이야기를 하며 웃고 있었다.

오빠가 할 수 있는 말은 욕뿐인 듯했다. 차마 입에 담을 수 없는 욕을 해대며 언니를 몰아부쳤다.

"너희들 돌아오지 않으면 전부 죽여 버릴 거야."

그날 오빠는 언니의 갈비뼈 두 개와 이 한 개를 부러뜨렸다. 삶의 무게가 언니 탓이라는 듯이 두들겨 팼다. 언니는 오빠를 고소했다. 경찰은 폭력 사건으로 수사했다.

"아무리 그래도 어떻게 오빠를 고소하냐?"

큰엄마는 언니를 파렴치한 대하듯이 윽박질렀다. 남주와 언니는 엄마가 죽은 뒤 큰엄마를 믿고 의지해 왔다. 큰엄마는 끈질기게 언니를 설득하고 협박했다. 결국 언니는 고소를 취하해야 했다.

그 일 이후로 큰엄마는 남주와 언니를 볼 때마다 똑같은 소리를 되풀이했다.

"아빠, 오빠를 신고하고 집 나와서 밥이 넘어가니?"

큰엄마는 잠시도 쉬지 않고 비난을 쏟아냈다. 언니는 큰엄마의 회유로 고소를 취하한 걸 뒤늦게 후회했다. 언니는 다시는 아빠 집으로 돌아가지 않겠다고 결심했다. 큰엄마에게서 받은 배신감이 화를 더욱 돋구었다.

"큰엄마도 지켜보셨잖아요! 사람이면 어떻게 그럴 수 있어요?"

언니는 숨막히게 꾹꾹 눌러왔던 말을 쏟아냈다. 눈물이 솟구쳐 올랐다.

큰엄마만 그런 건 아니었다. 모든 친척이 남주와 언니에게서 등을 돌렸다. 그들은 폭력을 행사한 아빠나 오빠한테는 관대했다. 신고한 언니와 남주는 인간의 도리를 저버린 패륜아처럼 대했다. 남주는 모든 어른으로부터 도망치고 싶었다.

자퇴

남주의 2학년 담임에 대한 불신감은 갈수록 커져만 갔다. 케이는 2학년 담임의 2차 가해가 남주에게 미치는 영향을 1학년 담임과 상의했다. 1학년 담임은 학교 상담 선생님을 통해서 말해 보겠다고 했다. 얼마 후 케이는 남주와 마주 앉았다.

"왜 학교에서 담임의 권위적이고 폭력적인 행동이 용인되지?"

"J여고는 사립이에요. 돈만 내면 얼마든지 올 수 있죠."

"누가 누구에게 돈을?"

"교사 지원자들이 학교 소유자에게."

"그렇구나."

"선생님 대부분이 배경 좋은 사람들이에요. 의사, 변호사, 의원의 자녀거나 배우자를 둔 경우가 많죠."

"그런 걸 어떻게 알아?"

"본인이 말하거나 인터넷에서 보면 다 나와요."

"학부모들의 항의가 있을 텐데."

"대부분 선생님은 학생이나 학부모를 자신의 밑으로 봐요."

남주는 정규교육 제도와 기성세대에 대해 불신이 깊었다. 2학년 담임은 집안의 전폭적 지지를 받아 공부만 한 사람이었다. 폭력을 피해서 쉼터에서 생존하는 처절함이 무엇인지 몰랐다. 2학년 담임은 성적에 따라 학생을 차별했으며, 남주가 청소년박람회에서 여성가족부 장관상을 받은 걸 두고도 비아냥거렸다.

"네가 여성가족부 소속이냐?"

남주는 쉼터 선생님의 도움으로 S장학재단의 영재교육원 입학과 장학금을 받았다. 남주는 과도한 상과 혜택이 버겁고 고마웠다. 남주의 마음을 모르는 2학년 담임은 이것을 두고도 비꼬듯 말했다.

"고마운 줄도 모르고……."

남주는 인간관계가 무서웠다. 칼로 팔을 긁고 싶은 충동을 느끼며 자퇴를 생각했다. 케이는 상담하면서 남주를 지지했다.

"아빠를 신고한 것에 대해 미안함을 느껴요."

"언니와 넌, 살기 위해 어쩔 수 없었어."

"네, 그래도."

"8월에 오빠가 제대하는데 걱정이에요."

"오빠가 왜?"

"집으로 들어오라고 할까 봐서요."

"네가 원하면 여기에 계속 있을 수 있어."

"저, 자퇴하고 싶어요."

"특별한 이유가 있을까?"

"네 오늘 담임이 저를 대나무로 때렸어요."

남주는 처음으로 자퇴라는 말을 꺼냈다. 담임의 폭력을 참을 수 없었고, 정규교육 제도의 무력함과 선입견을 견딜 수 없었다. 팔에서 자해 흔적이 발견되었고 우울감은 깊었다. 학교에서 벗어나고 싶었다. 케이는 남주의 결정을 존중했다.

"네가 하고 싶은 것을 해. 그래도 괜찮아."

남주가 담임에게 자퇴 의사를 밝히자 학부장이 추가로 상담했다. 학부장은 케이에게 전화했다.

"남주가 학우, 담임과의 갈등으로 자퇴 의사를 밝혔습니다."

"네, 학교 안에서 회복하기 힘든 관계가 자퇴의 이유로 알고 있습니다. 쉼터는 남주의 선택을 존중합니다."

케이는 나름의 계획을 세운 남주의 결정을 지지했다. 학부장은 케이에게 검정고시와 대학 진학 준비를 부탁했다. 케이는 자원을 연계하여 남주를 지원할 계획이었다. 법적 보호자인 아빠는 자퇴를 반대했고, 군에 있는 오빠도 자퇴를 반대했다. 학부장의 설득으로 담임은 남주를 때린 것에 대해서 사과했다. 남주도 서운했던 점을 담임에게 이야기했다. 담임과 케이가 자퇴 이유를 아빠에게 설명했다. 마침내 아빠는 자퇴 동의서에 서명했다. 자퇴 처리는 숙려기간 없이 마무리되었다.

폭풍

남주는 아빠의 폭력을 고소했다.

"제대하면 가만두지 않을 거야. 당장 고소 취하해."

오빠는 군대에서 남주에게 자주 전화했다. 남주는 오빠의 전화벨이 울리면 떨렸고 통화를 망설였다. 오빠는 다짜고짜 욕을 해댔다. 폭언을 듣다 보면 죽고 싶다는 생각이었고, 이 관계가

어서 끝나기를 바랐다.

경찰이 수사하는 동안 남주는 고소를 취하했다. 형사사건에서 변호사와 검사가 모두 혐의를 인정하지만 기소하지 않았다. 아빠의 폭력은 기소유예로 종결되었다. 가정보호사건에서 판사는 보호처분의 하나인 접근금지명령 6개월을 결정했다.

오빠는 사건 당시에 군에 입대했었고 직접적인 폭행은 일어나지 않은 상황이었다. 오빠에 대해서는 법적으로 어떤 조치도 취할 수 없었다. 향후 남주가 신고하면 아동보호전문기관에서 즉각 개입 조치하는 것으로 결정되었다. 남주는 제대 날이 얼마 남지 않은 오빠가 집에 오지 않기를 바랐다. 오빠가 오면 강제로 집으로 돌아가게 될까 봐 불안과 우울이 점점 더 깊어졌다.

남주는 우울감과 더불어 미안함, 수치심, 배신감, 두려움으로 극도로 예민했다. 작은 소음도 견디기 어려웠다. 공동생활을 하는 쉼터에서 예민함은 관계를 어렵게 했다. 아이들은 남주를 개복치라고 부르기 시작했다. 남주의 룸메이트인 지원이 케이에게 말했다.

"남주는 너무 예민해요."

"힘들 때야."

"개복치 같아요."

"좀 봐 주라."

케이가 지원에게 이해를 구했다. 지켜보는 아이들보다 더 힘들게 하루하루를 견디던 남주는 우울증약을 원했다. 우울증약은 예민함은 감추고 졸리거나 배고픈 느낌만 들게 했다. 남주는 자살 생각을 자주 했지만, 우울증약을 먹어서라도 극단적 선택은 피하고 싶었다.

'앞으로 어떻게 살지…….'

자퇴 후 미래에 대한 걱정이 밀려왔다. 검정고시, 수능시험, 자격증 취득 같은 생각들이 머릿속을 가득 채웠지만, 앞으로 나갈 길은 막막했다. 아이들이 던지는 성관계 표현이나 막말 때문에 스트레스가 더 깊어졌다. 되돌아간 과거의 기억들이 머릿속을 가득 채웠고 아무것도 할 수 없게 만들었다. 감정은 극도로 날카로워져 사소한 말에도 발끈했다. 신경이 곤두서 잠을 잘 수조차 없었다. 식사를 거부하며 방에 틀어박혔다. 정신은 극한에 몰려 쇠약해져 갔다.

"지금, 남주에게 우울증약 처방이 필요합니다."

케이는 남주의 자살 시도를 걱정했다. 직원회의 결정에 따라 남주는 대학병원에서 진료를 받았다. 우울증약이 처방되었다. 약을 먹자 이번에는 조증이 나타나 심리검사를 추가로 진행했다. 우울증약을 먹고 있지만 타인이 말을 걸면 불편했고, 여전히 소음에 민감했다. 약은 차츰 민감성의 강도나 빈도를 완화했다. 시간이 가면서 가족의 폭행, 친척의 냉대, 멸시, 차별, 체벌, 자퇴, 쉼터 부적응의 폭풍이 잦아들었다.

열여덟 살의 날개

남주는 차츰 안정을 찾았다. 여전히 고민이 많았지만, 밖으로 표현하지 않았고 견딜 만했다. 남주는 지난 1년 동안 일어난 일을 자주 생각했다. 1학년 담임, 쉼터 선생님들, 장관상, S장학재단의 지원, 영재교육원 입학, 장학금. 모든 것이 고마웠고 무거웠다. 버겁지만 견뎌야 한다고 생각했다. 쉼터에서 평생 살 수는 없다는 다짐이 그림자처럼 따라다녔다.

"선생님, 저 M대학교 과학영재교육원 교육 1차 합격 통지를 받았어요."

"우와! 축하한다. 면접은 언제야?"

"2주 뒤요."

케이는 남주에게 따뜻한 밥을 먹이고, 말없이 쏟아내는 말을 들었다. 남주의 눈물에 자주 화장지를 건넸다. 그 시간을 견딘 남주가 마침내 날개를 폈다.

남주는 일찍 일어나 씻고 소리 없이 아침밥을 먹었다. 밖은 아직 어두웠다. 음식 쓰레기차가 웅웅웅 윙윙윙 덜커덩 덜커덩 소리를 내며 동네를 돌 때, 가방을 메고 현관문을 나섰다.

"선생님, 다녀오겠습니다."

"잘 다녀와. 차에서 눈을 좀 붙여라. 종일 수업이잖아."

"네. 그럴게요."

남주는 고등학교 1학년 겨울방학이 되자 M대학교 과학영재 교육원에 등록했다. 매주 토요일 아침 여섯 시면 남도로 가는 버스를 탔다. 첫 수업은 9시에 시작했다. 꿈에 다가가는 그 길은 항상 설레었다. 눈 내리던 겨울에 시작한 수업은 계절들이 지나고 다시 서리가 온 땅을 하얗게 덮을 때까지 이어졌다. 남주는 빠른 속도로 수업을 따라잡았다. 오전 아홉 시부터 오후 다섯 시까지 매주 결석 없이 수업을 이어 갔다.

밤 아홉 시 남주가 지친 몸으로 쉼터에 도착했다. 케이는 엄마처럼 남주를 맞았다.

"어서 와. 고생했다. 배고프지?"

"네, 엄마. 소 한 마리도 먹을 수 있을 것 같아요."

남주가 무심코 뱉은 엄마라는 말. 아이들은 케이를 자주 엄마라고 불렀다. 자신에게서 너무 일찍 없어진 엄마를 대신할 수 있을 것처럼. 케이의 마음도 마찬가지였다. 새벽어둠 속을 걸어 나간 남주가 돌아왔다. 짙어진 밤하늘을 등에 지고 열네 시간 만에 돌아왔다. 밥상 앞에 앉은 남주의 맞은편에 케이가 앉았다.

"수업은 어땠어?"

"재미있었어요. 배운 것들을 모아 문제를 만들고, 실습으로 풀어 보는 작은 대회를 했어요. 풀이 과정이 흥미로웠어요. 운영체제 중에 리눅스가 있는데 리눅스 기반의 페북으로 홈피를 만든 뒤, 상대방의 비밀번호와 아이디를 훔치는 실습이었어요."

남주는 새로운 기술을 배우는 재미에 푹 빠져 흥분해서 말했다. 케이는 남주의 이야기를 모두 이해할 수는 없었다. 새로운 배움에 대해 쉴 새 없이 이야기하는 남주가 대견했다. 케이는 들뜬 목소리, 반짝이는 눈, 커다란 손동작에서 남주의 자신감과 행복감을 느낄 수 있었다.

남주의 첫 달 수업은 쉽지 않았다. 초등학교 영재반부터 시작해 승승장구 성장해 온 아이들이 모인 고등학생 영재반이었다. 첫 수업부터 알 수 없는 기호, 수식, 용어들이 나왔다. 남주는 수업을 따라가기 위해 학원에서 C언어를 한 달 배웠을 뿐 나머지는 거의 독학이었다. 오고 가는 버스 속 6시간 동안 새로운 것들을 찾아보고 확인했다.

"선생님, 정보 관련 학과에 진학하고 싶어요."

수업에 흥미를 느끼기 시작한 남주가 관련 학과 진학을 결정했다. 결정까지 긴 시간을 고민했다. 공부가 마음처럼 되지 않아 초조하기도 했다. 그렇다고 학교 밖으로 벗어난 것을 후회하지는 않았다. 어떻게든 물고 늘어질 수밖에 다른 길이 없었다.

케이가 물었다.

"남주야, 자신에게 해주고 싶은 말이 뭐야?"

"공부 안 하면 큰일 난다. 어떤 분야든 공부와 연결되어 있으니 열심히 해야 한다고 다짐해요."

남주는 모두 잠든 시간에 배움을 지속했고 해낸 일에 보람을 느꼈다. 영재교육을 받는 동안 주중에는 검정고시, 컴퓨터 자격증, 심폐소생술 자격증, 수학 1, 2, 미적분, JLPT-일본어 자격증을 준비했다. 건강과 호신을 위해 유도 유단자가 되었다. 일본어 가요대회, 소시얼벤처 경연대회, 시화전을 찾아서 참가했다. 영재교육을 마칠 때 교육에 참여한 학생 대표로 모범상을 받았다. 남주의 열여덟 살은 눈부셨다.

어떤 밤

남주, 유진, 채윤이 저스트 댄스 앱을 폰에 설치했다. 앱을 TV와 연결하고 자기 캐릭터 동작을 따라 춤을 춘다. 쉼터 거실이 무대가 된다. 화면에 나오는 동작을 따라가느라 서로의 모습은 볼 틈이 없다. 셋은 느끼는 대로 아무 말이나 속사포처럼 쏘아댔다.

"아, 어떻게 따라가야 해?"

"뭐야, 너무 웃겨. 푸하하하."

"앞으로 춤 안 춰야지. 재능이 없다. 헤헤헤."

"이 동작은 왜 있는지 모르겠다."

"이런 춤을 추며 노래를 부른다고?"

케이는 영상에 맞춘 아이들의 춤이 새롭고 신기했다. 가상현실이 상용화되어 놀이 방식도 변한다. 케이는 시대가 빠르게 흘러간다고 느꼈다. 상상을 뛰어넘는 시대를 살아갈 아이들이 신기술과 함께 어울려 춤춘다.

'애들아, 나도 한번 끼워 줘 봐!'

케이는 생각만으로도 땀이 흐른다. 마음이 앞선다. 몸은 뻣뻣하고 동작은 화면과 일치하지 않는다. 아이들은 키득거리며 화면에 보이는 자기 캐릭터 몸짓을 따라 리듬을 탄다. 케이는 흥겹게 춤을 추는 아이들의 몸짓을 쫓아가기가 바쁘다. 흥겹게 춤을 추던 아이들은 다른 춤으로 바꾼다. 남주가 채윤에게 묻는다.

"이 노래 뭐야?"

"아무 클럽 노래나 검색했어."

음악이 흘러나오고 남주와 유진이 서로 붙들고 리듬을 탄다. 아이들은 이 순간에 몸과 마음을 맡긴다. 에너지를 발산하며 웃는 아이들은 거리낌이 없다.

"유진아, 벌써 지쳤어? 힘내!"

"누구를 위한 댄스인가?"

남주가 춤추다가 쓰러진 유진을 일으켜 세운다. 유진은 너무 웃다가 지쳤지만 거실을 무대로 땀을 뻘뻘 흘리며 온몸으로 막 춤을 춘다. 서로의 모습을 보며 웃다가 쓰러지고 일어서기를 반복한다. 일어나면 고개와 팔, 다리를 다시 리듬에 맡긴다. 격렬하고 밝은 웃음이 계속된다. 숨이 턱까지 차게 춤을 춘 아이들은 널브러져 바닥에 철썩 달라붙는다. 한동안 몸을 일으키지 못한다. 웃음을 멈추지 못하고 방바닥을 구른다. 웃음이 잦아들자 케이가 묻는다.

"다음은 뭐야?"

"디비디비딥요."

아이들의 에너지가 뿜뿜 다시 솟아오른다. 디비디비딥은 두 사람이 마주 보고하는 게임이다. 몸으로 하는 묵찌빠다. 동작은 묵 · 찌 · 빠, 세 가지다. 공격자가 하는 동작을 방어자가 따라 하면 진다. 방어자가 이기려고 할수록 공격자의 동작에 집중한다. 집중할수록 방어자는 반사적으로 공격자의 동작을 따라 한다. 상대방의 동작을 추측하며 게임은 빠르게 진행한다. 유진이 흐느적거리며 말한다.

"우리 연체동물 같아!"

빨리하다 보면 동작이 엉키는 서로의 모습 때문에 웃음이 난다. 남주는 게임에서 연거푸 진다. 지지만 최대한 동작을 크게 해서 상대를 웃게 한다. 케이는 놀이를 지켜본다. 놀이에는 어떤 슬픔도 자리할 틈이 없다. 이기는 모습도 웃기고 지는 모습도 웃긴다. 누가 지고 이기고는 문제가 아니다. 아이들은 그 시간을 즐긴다. 배가 아프게 웃고 볼에 경련이 나도록 웃는다. 웃고 또 웃는다. 케이가 너무 심하게 웃다가 킁킁 소리를 냈다.

남주가 물었다.

"샘, 비염 있으세요?"

"킁킁, 우헤헤헤, 큭큭, 킁킁."

케이는 웃음 때문에 숨쉬기가 곤란한 지경이다. 웃느라 정신이 다 혼미했다. 그런 케이를 보며 모두들 웃었다.

"다이어트하는 것 같다."

남주가 말하며 웃는다. 유진이 대답하며 웃는다.

"그러게. 밤마다 이렇게 디비디비딥하면 자동으로 다이어트가 되겠다."

몸치인 채윤과 케이는 게임을 시도하지 못하지만, 남주와 유진의 모습을 보며 킥킥대고 웃는다. 케이는 아이들의 티 없는 모습을 보면서 눈물이 나도록 웃었다. 배꼽이 빠져나갈 것처럼 웃겨서 허리를 펴지 못할 지경이었다. 아이들 덕에 밤이 깊도록 웃고 또 웃는다. 케이는 생각한다.

'먼 훗날 우리가 함께한 오늘밤을 기억하겠지.'

알코올성 치매

아빠의 남주에 대한 접근금지명령이 끝났다. 남주는 아빠와 점심 약속을 잡았다. 약속에 나가기 전에 케이는 남주와 면담했다.

"아빠 만나는 것이 두렵지는 않아?"

"언니랑 만나면 괜찮아요."

"동행해 줄까?"

"아니오. 괜찮아요."

케이는 시시콜콜 주의사항을 말해 주었다. 남주는 케이의 염려가 싫지 않았다.

"위험한 상황이면 지체하지 말고 경찰에 신고해야 한다. 가능하면 사람이 많은 곳으로 다녀야 하고."

"네."

해가 지기 전에 남주는 무사히 돌아왔다. 남주에게 케이가 물었다.

"늙어 보였니?"

"네, 많이 늙었어요."

"느낌은 어땠어?"

"마음이 좋지 않았어요."

"위험한 상황은?"

"없었어요."

아빠는 언니와 남주에게 말했다. 두 자매는 그저 말없이 듣기만 했다.

"많이 보고 싶었다."

"……."

"사진을 자주 보내라."

"……."

"술을 끊었다."

"……."

남주는 아빠와의 식사가 염려보다 편안했다. 아빠는 술을 마시지 않았다. 오랜만에 보는 아빠는 야위었다. 얼굴에 주름은 깊었고 광대가 도드라졌고 눈은 퀭했다. 머리숱은 많지 않았고 머리카락도 대부분 하얗게 변해 있었다. 아빠는 언니와 오빠가 당신을 돌보지 않아 서운하다는 푸념을 늘어놓았다. 남주는 아빠가 무기력하고 애처롭게 보였다.

두 자매와 아빠가 식사한 며칠 뒤 오빠가 자해했다는 소식이 들려왔다. 케이는 언니와 상담을 했다.

"오빠 소식은 들었나요?"

언니는 멋쩍은 웃음으로 고개를 끄덕였다.

"상처는 어느 정도인가요?"

"길지 않고 깊어서 괜찮다고 합니다."

"아빠는 언제부터 술을 다시 마시나요?"

"두 주일 정도 되었습니다."

지난주에 오빠는 아빠가 다시 술 마시는 것을 목격했다. 오빠가 말렸지만 소용없었다. 오빠는 화를 못 이겨 칼로 자신의 허벅지를 찔렀다. 케이가 다시 물었다.

"치료비는 어떻게 할 예정인가요?"

"보험 처리가 되는지 알아 보고 있어요."

"아빠의 음주에 대해서 쉼터가 직접 개입이 어려우니, 건강가정지원센터나 사회복지관의 도움을 받으면 어떨까요?"

"아빠가 원치 않습니다."

언니는 묻는 말에만 간단하게 대답했다.

케이는 추가로 남주를 면담했다.

"남주야, 집은 좀 어때?"

"아빠의 알코올성 치매 증상이랑 정신질환 증세가 더 심해져서 걱정이에요."

"증세가 어떤데?"

"네, 계속 전화를 해서 앞뒤 없는 이야기를 해요."

"예를 들면?"

"네가 장군이 되어 전쟁에 나갔는데 연락이 없어 전화했다고 했고."

"다른 말도 있었어?"

"집안에 귀신이 들어왔으니 퇴마의식을 해야겠다. 내가 퇴마사다, 라고도 했어요."

남주는 아빠의 알코올 중독과 치매를 걱정했다. 남주가 집을 나온 후 아빠의 증세가 심해진 것 같았다. 똥오줌을 가리지 못하고 집안 아무 곳에나 싸기 시작했다. 밥을 혼자 제대로 챙겨

먹지 못해서 밥통 속에서 그대로 썩었다.

지난날을 생각하면 아빠와 오빠가 미웠다. 폭행을 당할 때는 두렵고 이해할 수 없었지만, 지금의 아빠는 불쌍하고 걱정스러웠다. 아빠가 긴급지원이라도 받기를 바랐지만 그렇게 하지 못했다. 남주는 오빠의 퇴원비를 고민했고 언니의 우울증을 염려했다.

언니

엄마가 돌아가신 후 언니는 집안 살림을 도맡아야 했다. 나이를 속여 가며 아르바이트를 해야 했던 언니는 아직 미성년이었다. 아빠와 오빠의 폭력을 온몸으로 받아낸 고통은 언니의 내면에 고스란히 쌓였다. 항상 불안에 떨었다. 남주는 우울한 언니를 염려했다. 언니는 자살 생각과 우울한 심정을 사회관계망에 자주 올렸다.

이모 집에서 살 때도 오빠는 언니가 돌아와 살림을 돌보길 바랐다. 아빠의 건강이 나빠지자 언니는 걱정이 되어 자주 집에 들렀다. 아빠가 싸 놓은 똥, 오줌을 치우고, 쌓여 있는 옷을 빨았으며, 썩은 밥을 버린 뒤 새로 밥을 지어 밥상을 차렸다.

언니가 이모 집에서 살 때에도 아르바이트하고 늦게 귀가하는 날이 많았다. 하루는 샤워하는 중간에 욕실 불이 꺼졌다.

"저 안에 있는데요."

"……."

언니는 머리에 샴푸를 바른 채 나와서 불을 켰다. 다음 날 아침 이모에게 그런 일이 있었다고 말했다.

"놀랐겠다."

이모는 별일 아니란 듯 말했다. 그 이상의 대응은 없었다.

어느 날은 사촌 동생이 말했다.

"내가 먹으려 했던 불고기인데 언니가 먹었으니 설거지 해."

언니는 말없이 설거지를 하면서 눈물이 났다.

며칠 후 이모가 언니에게 말했다.

"나가서 사는 게 어떻겠냐?"

"……."

언니는 서운했지만 아무런 말도 할 수 없었다. 그동안 모은 돈은 아빠의 술값으로, 오빠의 독일 연수 비용으로 이미 털렸다. 집으로는 들어갈 수 없었다. 집은 감당할 수 없는 폭행과 폭언을 의미했다. 언니는 아르바이트 업체 사장님에게 가불을 했다. 손해를 보면서 적금도 중도 해약했다. 작고 낡았지만 햇살이 잘 드는 집을 구했다. 남주는 아무것도 해줄 수 없어 미안했다. 언니는 쫓겨나듯이 이모 집을 나왔다.

남주는 언니의 이사를 도왔다. 언니의 이삿짐은 단출했다. 방은 두 사람이 겨우 누울 크기였다. 그날 밤 언니는 지나간 시간을 돌아봤다. 어려서는 그림에 재능이 있다는 소리를 자주 들었다. 그림을 그릴 만한 여유는 집안 어디에도 없었다. 그림을 포기했다. 아르바이트로 본인의 생활비를 겨우 벌어 쓰는 정도였는데, 그걸 아껴서 조금 모였다 싶으면 아빠와 오빠가 가져갔다. 언니는 상처로 가득한 몸을 누일 방 한 칸이 아쉬운 스물여덟 살이 되었다. 그즈음 남주는 대학에 입학했다. 언니는 동생이 자랑스러웠지만, 한편으로는 자신의 초라함을 느꼈다.

'나는 무엇 하고 있나? 남주는 잘 커서 대학에 갔는데.'

대학에 진학하고 싶었지만, 현실을 살아내는 것도 언니에게는 버거웠다.

언니는 자신감이 떨어지고 우울했다.

남주는 언니의 고통이 느껴져 마음이 아팠다. 우울해진 언니와 함께 보내는 시간이 좀 더 필요했다. 한 달간 언니와 같이 살았다. 언니와 자주 산책하고 맛있는 음식을 만들어 먹으며 마음을 다독이고 지지하고 꿈을 응원했다.

독립

열입곱 살 고등학교 1학년 때 입소한 남주가 대학생이 되어 쉼터를 떠났다. 입소 초기에는 사후외상, 불안, 과민으로 감정을 조절하지 못하고 자주 힘들어했다. 쉼터 아이들은 남주를 개복치라고 불렀다. 대학에 입학하여 쉼터를 떠날 때는 그럴 수도 있지라는 마음의 여유가 생겼다. 사람들은 남주를 긍정충이라고 불렀다.

입소 상담에서 남주는 대학을 가겠다는 뜻을 밝혔다. 꿈을 위해서 M대학의 과학영재교육원에 다니면서 검정고시와 컴퓨터 학원을 병행했다. 과학영재교육원을 마칠 때 그는 구체적인 목표를 세웠다. 거기에 맞춰 검정고시와 수능을 준비했다. 2019년 가을이 깊어 가던 어느 날 밤이었다. 남주는 기쁨 가득한 얼굴로 케이의 방으로 뛰어 들어왔다.

"선생님, 저 S대학교에 수시로 합격했어요."

"우왕, 남주야! 축하한다."

케이는 남주를 끌어안고 환호하며 함께 뛰었다. 케이는 막막했던 터널을 뚫고 견디며 노력했던 남주의 시간을 지켜봤다. 함께 울었던 수많은 밤들이 지나갔다. 남주의 합격이 자신의 일처럼 벅차고 기뻤다. 대학에 가겠다는 꿈이 마침내 이루어졌다. 남주는 경찰이 되고 싶었고, 전공도 꿈과 관련된 정보 관련 학과를 선택했다. 남주의 대학등록금은 장학금으로 해결되었다.

"선생님, 주거와 생활비를 어떻게 해야 할지 모르겠어요."

합격의 기쁨은 잠시였다. 새로운 걱정이 꼬리에 꼬리를 물고 이어졌다.

"학교와 가까운 쉼터에서 생활하면 어때? 용돈은 아르바이트로 해결하고."

"다시 쉼터 생활은 하고 싶지 않아요."

남주는 독립하고 싶었다. 현실적인 대안은 없었다. 월세와 생활비를 모두 감당할 자신이 없었다. 장학지원금은 곧 바닥이 날 것이 뻔했다. 남주는 다시 막막해졌다.

"남주야, 기쁜 소식이야!"

청소년시설에서 지내는 청소년들의 독립을 돕기 위해 2019년부터 주거지원법이 신설되었다. 쉼터에서 2년 이상 거주한 청소년들은 지원을 받을 수 있게 되었다. 남주는 S대학교가 있는 서울권 LH공사의 주거 지원을 받게 되었다.

"아, 살았다!"

개강 전에 이사를 해야 했다. 갑자기 이사 준비로 분주해졌다. 많은 축하와 격려가 이어졌다.

"이삿짐이 많구나."

"네. 3년 동안 살았다는 게 믿겨지지 않아요."

상자가 방 안을 가득 채웠다. 새로운 보금자리를 꿈꾸며 묵은 짐을 정리했다. 하지만 코로나19 감염이 확산되면서 대학은 문을 닫았다.

남주는 대학 첫 학기 수업을 쉼터에서 온라인으로 들어야 했다. 그해 봄, 남주는 꿈꾸던 캠퍼스를 걸어 보지 못했다. 다행히 지원, 유진, 채윤이 남주 곁을 지켜 주었다.

남주는 채윤에게 좋은 친구이자 멘토가 되었다. 채윤에게 쉼터에서 살면서 어떻게 성장할 수 있는지를 보여줬다. 채윤은 남주의 발자국을 따라갔다.

케이가 남주에게 퇴소 후 고민에 관해 물었다.

"생활비가 가장 크죠."

"으음, 방법을 찾아보자."

남주는 보장시설 수급자로 그동안 쉼터를 통해서 식비, 교통비, 의료비 급여를 받았다. 그래서 퇴소하면 이러한 급여를 받을 수가 없다고 생각했다. 케이는 남주에게 설명했다.

"이제까지 네 주거가 없어서 쉼터를 통해서 급여를 받았지만, 독립해서 나가면 네 주거지가 생기게 되니까 직접 수급비를 받게 될 거야."

남주는 근심을 덜었다. 대학을 다니는 동안 생활비는 수급비와 교내 근로로 감당할 수 있기를 바랐다. 부족하면 숙소나 학교 근처에서 단기 아르바이트로 보충하기로 했다.

"선생님, 학교에 다녀와야 해요."

코로나19가 무섭게 기세를 올렸다. 남주는 1학기가 끝나기 전에 학교에 가서 학생증을 받아야 했다. 쉼터가 있는 행정구역의 도지사와 시장은 5월 29일부터 서울, 경기지역 방문자는 쉼터 입소를 제한한다고 결정했다. 남주가 서울에 가면 다시 쉼터로 돌아올 수 없는 상황이었다. 서울 방문 후 쉼터에 입소하려면 코로나 검사와 자가 격리를 해야 했다. 쉼터는 남주의 거취를 두고 회의했다.

"남주야, 6월에 퇴소하자."

남주는 1학기 기말시험과 2학기 준비를 위해 조금 일찍 퇴소해서 서울 거주지에 머물기로 결정했다.

케이는 남주, 유진, 채윤을 불러 모았다.

"창고 문과 벽이 우중충한데 너희들이 벽화를 그리면 어떻겠니?"

"좋아요. 함께 고민해 볼게요."

유진은 창고 문에는 밝은 해바라기, 벽에는 고래와 아이들을 밑그림으로 그렸다.

"해바라기가 사랑을 의미하고, 고래는 희망을 상징해."

"아, 우리가 쉼터에 사랑과 희망을 남기는 거네."

"응. 그렇지."

유진의 설명에 남주와 채윤이 고개를 끄덕였다. 케이는 아이들에게 아크릴 물감을 권했다. 그림이 모양을 잡아 가자 아이들의 옷에도 얼룩덜룩 물감이 묻었다. 아이들은 그림을 그리면서 마주보고 자주 웃었다. 물감으로 장난을 치며 서로의 옷에도 그림을 그렸다. 쉼터의 아이들도 그림이 되어 가는 모습을 바라봤다. 우중충했던 창고 벽은 밝고 희망찬 그림으로 변했다. 그림이 완성된 날 아이들은 서로를 안고 축하했다.

"강남이를 부탁해!"

남주가 심은 강낭콩 화분에 강남이라는 이름을 붙여 주었다. 쉼터 아이들에게 강남이가 강낭콩을 매달 때 다시 올 것을 기약했다.

30개월 더하기 8개월

남주는 비대면으로 진행된 1학기를 내내 아쉬워했다. 1학기 말 6월이 되어 쉼터를 떠나 서울로 갔다. 쉼터를 떠나는 것이 설레고 두려웠지만 고맙고 후련했다. 다음 해 2월 방학을 틈타 언니 집에 내려온 남주가 케이에게 전화했다.

"선생님, 잘 지내시는지 보고 싶어서 전화했습니다."

"아우, 남주야! 난 아직 잘 살아 있어. 전화 고맙다. 어디야?"

케이는 남주와 일요일에 만나자고 해놓고 약속을 까맣게 잊었다. 일요일 밤이 되어서야 약속이 불현듯 생각났다. 새벽 2시. 케이는 남주에게 문자했다. 답이 없는 남주에게 미안했다.

약속 장소에서 남주는 선생님이 바쁘신가 보다고 생각했다. 남주는 케이가 자신을 만나기 위해 시간을 내기 어렵다고 생각했다. 바쁜 케이를 생각해서 약속 장소에서 전화를 걸지 않았다. 케이는 남주의 그런 마음을 알았다. 케이는 문자로 나이를 핑계 대며 뻔한 변명을 하면서 빙그레 웃었다.

남주는 문자를 봤다. 새벽 2시 10분. 또 다른 약속을 잡기 위해 케이의 늦은 잠을 방해하고 싶지 않았다. 다음 날 남주는 케이가 오전 시간을 보내는 도서관으로 향했다.

"선생님, 도서관 앞에 왔어요."

"어떻게 여기 있는 줄 알고 왔어? 내려갈게."

케이는 남주를 꼭 껴안았다. 남주도 케이를 껴안았다. 엄마는 딸을 딸은 엄마를 안았다. 그렇게 그들은 서로의 건강을 확인했다. 지난 8개월의 공백은 순식간에 녹았다. 케이는 새벽에 공부하러 갔던 딸을 늦은 밤에 본 엄마 같았다. 지키지 못한 일요일 약속보다 30분 이른 시간이었다. 지키지 못한 일요일 약속은 서로 말하지 않았다.

케이는 남주에게 맛있는 밥을 먹이고 싶었다. 근처 들깨요리를 맛있게 하는 식당에 갔다. 이른 시간이어서 손님이 없었다. 식사가 가능한 시간까지 기다리며 지난 8개월을 이야기했다.

남주는 성인이 되어 처음으로 8개월을 혼자 살아냈다. 남주는 오랜 여행에서 돌아온 딸이 엄마에게 응석 부리듯 상기되어 말했다.

"독립하여 지내는 거 힘들었어요. 하지만 신기하고, 즐겁고 행복했어요. 그리고 그리웠어요."

남주의 말은 빛을 내며 쏟아졌다. 이야기는 서로의 공백을 메우고, 쉼터에서 함께 지냈던 30개월로 이어졌다. 쉼터의 시간 속에서 위로받고 싶었던 것들로 이야기가 흘러갔다. 남주는 케이가 예전에 자신에게 한 이야기를 회상했다.

"너에겐 힘든 시간이 빨리 왔을 뿐이라는 말을 들을 때마다 다른 아이들은 안 그러는데 나는 왜 그래야 하는가에 대한 반감이 많았어요. 선생님이 해주셨던 말씀을 이제야 깨달아요."

케이는 생각했다.

'그렇다. 그때는 알고 싶어도 모른다. 시간이 얼마큼 지난 후에 알게 되는 것들이 있으니 다행이다. 조금씩 우리는 나아지고 있다. 어른들은 아이가 알 때까지 기다려줘야 한다. 기다림은 어른이 할 일이다.'

"남주야, 넌 감당하기 어려운 것들을 한꺼번에 겪어냈어. 난 네가 정말 자랑스럽다."

남주는 인내하며 배우려 했다. 도전하고 이기려고 끝없이 부딪치다 보니 기회가 왔다. 상도 받고, 결과도 얻었고 자신감도 생겼다. 남주는 눈동자를 반짝이며 말했다.

"학부가 끝나면 대학원에 진학해서 공부하고 싶어요. 프로그램을 만들어 인터넷이 악용되는 사례를 방어해 보고 싶어요."

케이는 남주의 꿈을 지지하며 말했다.

"우리의 기억은 왜곡되고 흐려지고 사라져 가. 어려운 시간을 넘어온 너의 기억을 모아 이야기를 만들어 보자. 일단 조각들을 모으고 난 뒤, 연결해서 다듬어 보자."

남주는 케이의 말을 귀담아들었다. 케이는 남주와 주고받은 이야기들이 서로의 씨앗이 될 거라 믿었다. 마음과 몸의 허기를 채워 주는 밥처럼. 멀리 떨어져 있지만, 서로의 안녕을 응원하며 또 살아내기로 했다.

식사를 마치고 둘은 근처 공원을 걸었다. 늦겨울의 햇볕이 따뜻했다. 산책 중 남주는 케이에게 안기면서 말했다.

"엄마의 사랑으로 어른이 되었어요."

"잘 자라 줘서 고맙다. 내 딸."

케이는 큐에게 이메일을 썼다.

큐에게

한 아이가 결핍과 폭력을 견디고 살아났습니다. 쉼터에서 불꽃처럼 눈부신 시간을 보내고 마침내 독립했습니다. 아름답고 눈물겨운 성장이었습니다.

큐는 어떻게 살고 계시나요?

케이.

후기.

남주는 2022년 현재 S대학교 3학년이다. 취업 준비를 위한 동아리 활동, 전공 공부, 프로젝트를 바쁘게 진행하고 있다. 더불어 전공 분야의 경험을 쌓아 가고 있으며 사이버보안 전문 경찰을 꿈꾸고 있다. 그는 쉼터에서 같이 살던 채윤을 서울에서 자주 만난다. 채윤은 서울에 있는 H대학교에 재학 중이다.

소라게

지원 이야기

지원은 어린 나이에 사실상 전국을 떠돌았다. 생활은 항상 불안하였고 알지 못하는 분노에 휩싸여 있었다. 떠돌면서 지원은 다수의 비행과 범죄를 저질렀다.

보호관찰

12월 26일 오전, 연말연시의 들뜬 분위기가 쉼터에 가득했다. 느슨하고 들뜬 공기를 날카롭게 꿰뚫는 전화벨이 울렸다. P쉼터의 소장님이 고등학교 재학 중인 아이를 이관하려는 문의였다. 전화를 끊고 나서 케이는 왜 지금 이관을 하려고 하는지 의문이 생겼다. 통화를 다시 곱씹어 봤다.

"안녕하세요. P쉼터입니다."

"네, 안녕하세요."

"저희 이용자 중에 그쪽 쉼터로 이관이 필요한 아이가 있습니다."

"아이의 상황을 좀 더 알 수 있나요?"

"그룹홈에서 3년 생활했고, T고등학교 3학년을 앞두고 있습니다."

"관련 서류를 보내 주시면 회의하고 아이와 상담해 보겠습니다."

일반적인 이관 질문이었고 의뢰를 처리하는 절차였다. 케이는 의뢰 서류를 검토한 뒤 아이와 상담을 원했다. P쉼터의 소장님은 서두르는 기색이었다. 얼마 후 서류가 팩스로 도착했다. 이름은 지원이었고 고등학교 3학년을 앞두었다. 겨울방학인데 대안학교에서 위탁 교육 중이었다. 몇 차례 불통 후에 지원은 전화를 받았다.

"지원아! 안녕, 여기 쉼터야."

"네?"

"이관 문의를 받았는데 이야기를 좀 할 수 있을까?"

"네!"

"괜찮으면 학교 끝나고 쉼터에 다녀갈래?"

"네."

지원은 묻는 말에 처음에는 머뭇거리며 대답했다. 학교에서 점심밥 먹고 하교하면서 쉼터에 방문하기로 했다.

케이는 상담을 시작했다. 지원은 미혼모의 아이였고 엄마에 관한 아무 기억도 없다. 안정된 애착 관계가 생기기 전 영아 때 P보육원에 맡겨졌다. 7세에 S보육원에 이관되어 중학교 2학년까지 보육원이 운영하는 학교에 다녔다.

"초등학교 5학년 때 S보육원에서 감금 및 폭행을 당했어요."

지원은 당시 시설 관계자로부터 받은 사건을 뚜렷하게 기억했다. 이 폭행은 아무에게도 알려지지 않았지만 그룹홈으로 이관되는 원인이 되었다. S보육원에서 중학교 2학년 겨울방학에 그룹홈으로 이사했다.

"죽으려고 했던 적도 있어요."

그룹홈에서 극도의 불안과 스트레스를 겪으면서 자살을 시도했다. 일찍 발견되어 대학병원과 동네병원에서 각각 한 달씩 입원 치료를 받았다. 퇴원 후 그룹홈, D쉼터, H기숙학교 등에서 살았다. 현재 P쉼터에서 살고 지원의 나이는 열여덟 살이었다.

지원은 어린 나이에 사실상 전국을 떠돌았다. 생활은 항상 불안하였고 알지 못하는 분노에 휩싸여 있었다. 떠돌면서 지원은 다수의 비행과 범죄를 저질렀다. 겨울이 마지막을 재촉할 무렵 재판을 앞두고 보호관찰소에서 연락이 왔다. 보호관찰소는 재판 전 사전조사를 위해서 지원을 소환했다. 관여한 사건 수가 많아 재판 결과는 소년원이 예상되었다. 지원은 초조하게 재판을 기다리며 소년원 입소를 각오했다.

재판일이 되었다. 재판이 오후 4시인데 학교에 간 지원은 출발 시간이 되도록 쉼터에 나타나지 않았다. 케이는 속이 탔고 지원은 연락이 되지 않았다. 그 시간 지원은 학교 앞에서 쉼터

오는 버스를 한 시간 이상 기다렸다. 두 사람은 겨우 시간에 맞춰 판사 앞에 도착했다. 판사는 얼굴은 붉고 피곤해 보였고 코에는 돋보기가 걸려 있었다. 판사는 재판을 서둘렀다. 발언할 기회가 주어지자 케이는 지원의 쉼터 적응과정을 설명했다.

"지원이는 지난해 12월 말에 쉼터에 입소했습니다. 다른 입소자들과 관계가 좋습니다. 비행이나 일탈 행위는 없습니다. 아직 자라는 아이입니다. 선처를 바랍니다."

판사는 보호관찰 5호 2년 장기보호관찰을 판결했다. 소년원을 피한 지원은 안심했고 케이가 고마웠다.

며칠 후 보호관찰관이 쉼터를 방문했다. 관찰관은 지원의 쉼터 생활을 확인하면서 선심 쓰듯이 말했다.

"사건이 많아서 소년원에 갈 상황인데, 판사님께서 인심 쓰셨네."

관찰관은 지원에게 보호관찰기간 동안 무사고, 교육, 출석을 잘 지켜야 한다고 힘주어 말했다. 지원에게 중요한 변화가 있으면 연락하라고 케이에게 부탁했다.

P쉼터는 재판을 앞두고 지원을 대안학교에 위탁했었다. P쉼터 소장님은 대안학교의 위치를 이유로 케이가 근무하는 쉼터로 지원을 이관했다. 한편 대안학교 측은 P쉼터로부터 위탁신청서를 받지 못했다. 지원은 위탁신청서가 없어서 개학 후 대안학교에 갈 수 없었다. 지원은 T고등학교에 다니고 싶었다.

"T고등학교에서 졸업하고 싶어요."

케이는 대안학교 위탁 교육을 중지하고 T고등학교에서 3학년 과정을 시작하도록 지원했다. 월요일에서 금요일까지 기숙사에서 생활하고, 금요일 밤부터 월요일 아침까지는 쉼터에서 생활하는 시간표였다. 지원은 학교생활에 흥미를 느끼지 못했다. 자주 조퇴, 무단결석, 무단이탈을 했다. 못마땅하게 생각한 담임 선생님은 지원을 다시 대안학교로 보내려 했다.

어떤 날 1

지원은 학기가 시작하고 2주가 지난 어느 날 기숙사 실내 흡연이 밝혀져 벌점 10점을 받고 기숙사에서 퇴소당했다. 퇴소 다음 날부터 쉼터에서 등교했다.

"지원, 일어나! 늦겠다."

새벽 5시 30분에 기상하여 씻고 화장했다. 6시 30분에 시내버스를 탔다. 시내버스에서 내린 뒤 걸어서 10분 거리의 정류장에서 7시 10분 시외버스를 탔다. T고등학교에 가까운 K시에 도착했을 때 8시 10분이었다. K시에서 외곽으로 멀리 떨어진 학교까지 20분 안에 등교할 수 없었다. 지원은 택시를 탔고 7천5백 원을 냈다. 다음 날에는 어제보다 10분 일찍 쉼터를 나갔다. 등교는 순조로웠다. 하지만 하교 시간이 되었는데 지원과 연락이 되지 않았다.

오후 7시.

케이는 지원이 연락도 되지 않고 귀가하지 않았다는 것을 단체 카톡방에 올렸다. 지원의 행방을 묻는 글이 하나둘씩 올라왔다.

오후 8시 45분.

퇴근한 모든 선생님이 야근 상황으로 전환했다. 선생님들이 모든 수단을 동원해 지원과 연락을 취했다. 케이는 담임 선생님에게 연락했다. 담임 선생님은 반 아이들에게 지원의 행방을 물었다. 꼬리를 문 조사가 이어졌다. 마침내 지원과 연락했다는 아이와 연결이 되었다.

오후 10시 51분.

지원은 늦은 밤 버스 터미널에 있었다. 휴대폰 연락이 되지 않아 인스타그램, 페이스북으로 연락을 시도했다.

'잠자다가 막차를 놓쳤어요. 터미널에서 밤새고 아침에 갈게요.'

지원은 드문드문 연락을 남겼다.

오후 11시 8분.

"터미널에서 아이를 찾아 쉼터에 데려가겠습니다."

담임 선생님에게 케이는 고맙다고 인사했다.

오후 11시 59분.

"지원을 찾을 수 없어서 쉼터로 갈 수 없어요."

문자가 담임 선생님에게서 왔다.

잠시 후, 지원에게서 연락이 왔다.

"샘, 택시 탈게요."

지원이 터미널에서 쫓겨난 거였다.

"지원아, 112에 신고 하면 도움받을 수 있어."

케이는 지원에게 경찰에 신고해서 도움받기를 전달했다. 지원은 도움을 거부했다. 지원과의 연락은 제삼자를 통해서 진행되었다.

다음 날 0시 7분.

"택시가 안 잡혀요."

케이는 지원에게 현재 위치에 있기를 당부하고 112에 신고했다.

K시 역전 파출소 소속 경찰이 현장에 도착했다.

"아이가 보이지 않습니다."

00시 20분.

얼마 후 현장에 출동한 경찰에게서 다시 연락이 왔다. 경찰과 케이는 현재 상황을 주고받았다.

"아이를 발견했습니다."

"아이와 통화할 수 있을까요?"

"네."

"지원아, 무사해서 다행이다."

"샘, 터미널에서 잠이 들어 막차를 놓쳤어요."

지원은 아무 일 없었다는 듯이 밝게 대답했다. 케이는 가슴을 쓸어내렸다. 케이와 경찰이 의논했다.

"쉼터로 인계해 줄 수 있나요?"

"타 도시 인계는 어렵습니다."

K시에는 아이를 보호할 곳이 없었다. 케이는 아이가 택시를 타고 쉼터로 오려고 했으니 택시를 태워 주라고 다시 요청했다.

01시 16분.

00시 30분에 출발한 택시가 쉼터에 도착했다. 택시 요금은 4만 2천 원. 지원은 2만 2천 원을 현금 결제했다. 모자란 돈은 계좌 이체하기로 했다. 택시 기사는 경찰에게 연락했다.

"학생을 쉼터에 인계했습니다."

택시 기사는 학생을 쉼터에 인계했음을 경찰에게 알렸다. 케이는 기사에게 감사하다고 인사했다. 지원은 교복에 슬리퍼를 신고 가방을 메고 있었다.

"지원아, 밥은 먹은 거야?"

"네."

"모든 쉼터 선생님이 널 찾아 얼마나 속이 탄 줄 아니? 4시 30분에 학교를 나와서 뭐 했어?"

지원은 시내에서 놀다가 5시 30분에 터미널에 갔다. 대합실 내부가 따뜻해 졸음이 밀려왔다. 9시 30분 막차를 놓친 후 잠에서 깼다. 같은 반 친구에게 연락했다. 친구와 밥을 먹고 노래방에 가서 놀고 있는데, 같은 반 남자아이가 친구에게 전화로 선생님이 지원을 찾고 있다며 어디냐고 물었다.

지원은 미안한 기색이 없었다.

"쉼터 선생님들, 너희 반 아이들, 담임 선생님, 112 경찰관, K시 경찰서 강력계 담당자, 역전 파출소 차량 두 대, 경찰들, 택시 기사까지. 지원아 너 때문에 지금까지 도대체 몇 명이 출동했는지 알아? 어떻게 생각해?"

"샘, 저 새벽 5시 30분에 일어나서 너무 졸렸어요."

"그래. 일단 자라."

케이는 지원의 성의 없는 대답에 기가 막혔다. 한밤에 긴 소동은 어이없이 끝났다. 전전긍긍하던 마음이 허망했다. 무엇으로 잃어버린 시간과 소진된 영혼을 회복할까? 업무 일지를 종료한 시간은 02시 30분이었다. 케이는 달아난 잠을 청했다.

그날 이후로 케이는 날마다 지원에게 지각하지 말아라, 학교에서 무단이탈하지 말아라, 결석하지 말아라, 말아라, 요구하고, 몰아붙이고, 애원하고, 간청하고, 호소하고, 협박했다. 케이의 애태움과 눈물로 지원은 끝내 고등학교를 졸업했다.

열지 못한 문

지원은 고등학교 졸업을 앞두고 Y대학의 국방기술부사관학과에 합격했다. 대학 진학은 오랜 꿈이었고 부담이었다. 아무도 학비, 생활비, 용돈을 주지 않는다고 생각했다. 대학 진학과 자립 준비를 두고 갈등했다.

'대학은 불확실의 연장이야.'

지원은 대학을 포기했다. 지원이 살아온 과거의 그림자가 결정 과정에서 어른거렸다.

지원은 어려서부터 불안정 속에서 살았다. 현재의 불안정은 미래의 불확실로 이어졌다. 불안정은 영아 때부터 이십 대 청년이 된 지금까지 끊임없이 두려움을 불러일으켰다. 서둘러 안정을 찾고 싶었다. 대학을 포기하고 취업성공패키지에 참여하여 미용학원에 등록했다. 자격 취득 후 취업으로 이어지는 과정이었다. 보호관찰소 출석 시간이 미용 훈련 시간과 겹쳐 보호관찰 수강 시간까지 변경하면서 의지를 보였다. 꼼꼼함이 요구되는 실습은 지원의 성격과 맞았다.

"지원씨가 한 작품처럼 꼼꼼해야 합니다."

학원 선생님은 지원의 작품을 자주 칭찬하고 작업 과정을 다른 학생에게 보여줬다. 점차 작업을 보는 사람이 많아지자 지원은 부담되었다. 손이 떨리기 시작했고 다른 사람의 주목을 견딜 수 없었다.

시험이 다가왔다. 실기는 자신 있었지만, 필기가 어려웠다. 필기시험은 미용이론, 공중위생관리학, 화장품학 이었다. 어려운 전문 용어들은 좀처럼 익숙해지지 않았다. 어려운 용어를 만날 때마다 화가 났다.

'왜 이렇게 어렵게 설명해?'

지원은 늘 의문을 가졌다.

케이는 시험 준비하는 지원을 응원했다.

지원은 쉼터생활이 길어지면서 혼자만의 공간을 자주 꿈꿨다. 적금을 부어 목돈을 만들었다. 시험 본 후에 독립을 계획했다. 케이는 스스로 생활비를 벌 수 있어야 한다고 강조했다. 지원은 미용사 시험에 합격하여 취업하기를 바랐다. 시험을 앞두고 지원은 글을 읽을 수 없을 만큼 불안했다. 그는 이미 알았다. 필기시험을 치를 준비가 되지 않았다는 것을. 결국 필기시험에 떨어졌다.

두 번째 도전은 더 어려웠다. 생활비를 벌 수 없는 상태에서 독립한 지원은 시험 준비를 스스로 관리할 수 없었다. 독립된 집에는 친구들이 자주 다녀갔다.

"지원아, 집에 가도 돼?"

"그럼."

처음에 지원은 친구들이 오가는 것을 아무렇지 않게 생각했다. 현관 비밀번호를 공개해서 편하게 집에 드나들게 했다. 그들은 며칠씩 머물며 먹고 자고 쓰레기를 산더미처럼 남기고 말없이 떠났다.

지원은 점차 피곤해지기 시작했다. 치우고 또 치우고 스트레스가 쌓였다. 시험 준비는 뒷전으로 밀리고 친구들 뒤치다꺼리로 시간을 허비했다. 점차 친구들이 주는 스트레스와 시험에 대한 압박이 겹쳐졌다.

"샘, 저 머리에 원형탈모가 왔어요. 내일 시험인데 떨려요."

지원은 처음보다 더 떨면서 두 번째 시험을 봤고 두 번째도 떨어졌다.

시험 준비를 위한 전략을 바꿔야 했다. 지원은 케이와 상의했다. 케이는 재입소를 권했다. 혼자 살면서 생기는 문제를 피하고 시간을 절약하기로 했다. 하지만 큰 도움이 되지 않았고 세 번째 시험에서도 떨어졌다.

세 번째 떨어지자 지원은 다시 시험 보기를 포기했다. 포기하고 한동안 하는 것 없이 시간을 보냈다. 독립한 집과 쉼터를 오가며 아무것도 하려 하지 않았다. 실컷 놀고 돈이 필요하면 아르바이트를 했다.

케이는 지원의 방황을 지켜 보면서 때가 오기를 기다렸다.

뭇국

지원은 주거 지원을 받아 독립했다. 혼자 있는 것을 좋아하는 성격이라 잘 지냈다. 지원은 가끔 쉼터에 놀러와 며칠씩 아이들과 놀고 밥 먹고 자고 갔다. 쉼터는 지원에게는 고향집 같았다.

"샘도, 드실래요?"

"우와! 지원아, 감동인데."

지원은 며칠을 겨울잠 자는 곰처럼 잤다. 저녁밥도 잊은 채 잠을 잤다. 그러던 아이가 아침 일찍 서두르며 어수선하더니 그릇에 가득 뭇국을 담아 케이에게 건냈다.

"밥은 따로 드실 거예요. 말아 드실 거예요?"

"말아 먹고 싶다. 한 숟가락만 퍼 주라."

"정 없으니 두 숟가락은 드셔야죠."

케이는 지원과 마주보며 오랜만에 아침을 먹었다. 지원은 국에 들어간 고기가 싫다며 접시 가장자리에 쇠고기를 건져 놓았다.

"샘은 고기 좋아하세요? 저는 싫어요."

"샘도 너만 할 때는 고기 냄새가 싫어서 안 먹었지. 몸이 필요해 먹게 되고, 먹게 되니 맛을 알게 되더라."

국에 말은 밥을 후르륵 삼키며 케이는 지원에게 이어서 물었다.

"요새 심심하지 않아?"

"학교를 다시 가 볼까 생각 중이에요."

"오, 좋은 생각인데, 과는 생각해 보았어?"

"사회복지과요."

"그래 너랑 적성이 맞겠다. 꼼꼼하고 세심한 성격이니까."

"네, 실컷 놀고 나니까 이제 학교 갈 마음이 생겼어요. 여러 친구가 지금 학교를 포기하거나 휴학하는 상태거든요. 아마 일찍 학교 갔더라면 저도 그랬을 거 같아요."

"그래, 샘이 더 알아보고 다시 이야기하자."

케이는 생각했다.

'아이들은 하고 싶을 때가 있다. 뭔가 배우고 싶을 때가 있다. 무엇인가 원하는 때 그것을 하면 된다. 지원에게 때가 왔다. 이제 뭇국은 충분히 맛이 들었다.'

가지팩

"샘, 팩하실래요?"

"우와 그럼, 오랜만에 예뻐져 볼까?"

지원이 가지팩을 내밀자 케이는 넙죽 받았다. 머리에 수건을 돌돌 말아 올렸다. 끈적이는 보라색 액체를 케이의 얼굴에 펴

발랐다. 눈과 입 주변을 빼고 이마에서 턱까지 덕지덕지 보라색 액체가 흘러내렸다. 얼굴은 알아볼 수 없게 되었고 보라색 외계인처럼 보였다. 아이들은 케이의 얼굴을 보면서 웃기 시작했다.

"절대! 웃음을 참아야 해."

"아, 웃겨서 참을 수가 없어! 큭큭큭."

"웃으면 안 되는데, 헤헤헤!"

지원이가 까르르르 웃자 다른 녀석들도 참았던 웃음이 빵 터졌다. 아이들은 시작 전에 웃지 않기로 했던 다짐들이 까마득했다. 거울 앞에 다닥다닥 붙어서 팩을 펴 바르던 손길을 멈췄다. 서로의 얼굴을 쳐다보더니 웃음이 폭죽처럼 터지며 번졌다. 숨이 꼴딱꼴딱 넘어갔다. 배가 아파 허리를 펴지 못했다. 아이들은 주저앉아 배를 잡고 깔깔댔다. 눈을 뜨지 못하고 눈물 흘리며 웃었다.

"주름 생긴다고! 그만 좀 웃어!"

지원이 소리치자 아이들의 웃음이 잦아들었다. 아이 얼굴에 주름이 있을 턱이 없다. 그래도 주름은 아이들의 웃음을 멈추게 했다.

"모여 봐. 인생 최고 사진을 남겨야지."

"하나, 둘, 셋!"

케이, 지원, 아이들은 옹기종기 모여 화면 안에 얼굴을 들이밀었다. 최대한 웃긴 표정으로. 그날 밤 가지팩 사건은 아이들에게 추억의 한 페이지가 되었다. 단체 사진이 끝나자 각자 휴대폰으로 인증사진을 찍기 시작했다. 서로 찍은 사진을 보여주면서 또 한바탕 키득거렸다. 케이는 생각했다.

'아이들이 참 맑구나. 애들에게 오늘밤 같은 웃음이 항상 함께하면 얼마나 좋을까?'

소라게

"요즈음 심심하지 않아?"

"학교에 가 볼까 생각 중이에요."

지원은 아무 일 아닌 듯 말했지만 아무것도 하지 않는 자신을 견딜 수 없었다. 자신의 길을 찾고 싶어졌다. 케이는 지원의 진학을 위해서 H대학교 교수와 상의했다. 사회복지학과 입학식 날 지원은 아침부터 부지런을 떨었다. 케이는 물었다.

"어디 가려고?"

"네, 제가 대학이라는 곳에 가려고요. 하하!"

지원은 입학식 후 오리엔테이션에 참석했다. 학생들은 기대했던 것보다 나이가 들어 보였고 이십 대에서 육십 대까지 다양했다. 장애인도 몇 명 있었다.

'이 대학 생활을 어떻게 하지?'

지원은 막막했다. 자기소개가 진행되었다. 지원은 남 앞에서 말하기를 싫어했다.

'도망갈까?'

손에 땀이 났다. 심장은 터질 것 같았고 머리는 하얘져 아무 생각도 할 수 없었다. 앞 사람이 자기 삶의 아픔을 길게 이야기했다.

'자기소개는 자기 아픔을 말하는 것인가?'

교실 밖으로 뛰쳐나가고 싶었다. 앞 사람이 길게 이야기하자 뒤이은 사람도 길게 이야기했다. 이제 심장은 터질 듯 뛰었고 얼굴은 한여름 태양처럼 뜨거웠다. 지원의 차례 앞에서 지적 장애인 몇 사람이 이어서 말했다.

"갑자기 슬프다. 지금 기분이 안 좋다."

"갑자기 슬프다. 지금 기분이 안 좋다."

"갑자기 슬프다. 지금 기분이 안 좋다."

지적 장애인은 앞 사람이 한 말을 똑같이 따라 했다. 지원의 차례가 되었다.

"스물세 살 박지원입니다."

지원의 얼굴은 터질 듯 빨갛게 상기되었다. 손은 제멋대로 흔들렸고 심장이 두근대는 소리가 귀까지 울려댔다. 지원은 많은 사람의 주목을 견딜 수 없었다. 낯선 사람과 친해지기가 어려웠다. 그렇게 대학 생활이 시작되었다.

케이는 지원이 새로운 세상을 만났다고 생각했다. 첫 주가 지나가는 날 다시 케이가 지원에게 물었다.

"수업은 어때?"

"어쩌다 보니 같은 교수님 과목을 3개나 신청했어요."

"그 교수님과 친해지겠네."

"저는 맨 뒤에 앉아요. 제 계획은 최대한 교수님 눈에 띄지 않는 거예요."

"왜?"

"눈에 띄면 질문하니까요."

지원의 계획은 성공하는 듯 보였다. 지원은 매일 수업보다 한 시간 일찍 학교에 도착했다. 어느 날 아무도 없는 강의실 문에 강의실 변경 메모가 붙어 있었다. 변경된 강의실에 가서 수업을 기다렸다. 10분 전까지 아무도 오지 않았다.

'왠지 불길해.'

원래 강의실에 가자 학생들이 이미 가득했다. 맨 뒤쪽 구석 자리를 찾아 앉았다. 앉자마자 교수님은 지원을 향해 말했다.

"어이 거기 갈색 카디건 학생 앞으로 나와서 여기 앉아요."

순간 지원은 당황했다. 모른 척하며 뒤를 돌아봤다. 뒤에 갈색 카디건을 입은 학생이 있기를 바랐다. 돌아보는 순간 긴 한숨이 나왔다. 고개를 들 수 없었다. 교실 안 눈동자들이 지원을 따라 움직였다. 시선은 최대한 바닥을 향했다. 발을 끌며 앞으로 나갔다. 시간이 더딘 속도로 흐르는 것 같았다. 바닥을 향한 시선 그대로 자리에 앉았다. 교수님의 눈길을 어떻게든 피해 보려고 했다.

"자네 이름이 뭔가?"

"저요? 지원입니다."

수업은 지원의 심장을 주체할 수 없이 뛰게 했다. 언제나 질문을 피해 가기 위해 안간힘을 썼다. 언제나 질문은 고속 질주해 지원에게 쏟아졌다. 머뭇거리며 답했다. 교수님은 말했다.

"지원 학생, 왜 째려봐요? 눈빛 좀 이쁘게 해봐요."

'아, 망했다. 나의 계획은 실패다.'

대답 대신 지원의 눈동자는 더 깊게 바닥을 응시했다. 머릿속은 이미 하얗게 텅 비어 있었다. 지원이 머뭇거리자 교수님은 다시 질문했다.

"일기 과제 한 사람 손들어 봐요?"

지원은 반사적으로 손을 번쩍 들었다. 난생처음 써보는 일기를 어떻게 써야 할지 몰랐다. 새벽까지 소설처럼 쓰고 또 썼다. 손을 들자 교수님이 지원에게 다시 질문했다. 지원은 질문을 받을 때마다 생각했다.

'왜 나에게 자꾸 질문하지?'

수업 중 질문은 언제나 지원에게 적중했고 수업에 최선을 다했다. 수업 내용에는 모르는 단어가 자주, 항상, 빠짐없이 그것도 우르르 등장했다. 머릿속은 딱따구리가 수시로 쪼아댔고 당황스런 단어들 때문에 평정심을 잃지 않기 위해 지원은 수시로 어깨를 들썩였다. 재빠르게 노트에 단어를 받아 적은 뒤에 번역기를 돌렸다. 그렇게 이해한 단어 중에는 서론, 본론, 결론도 있었다. 귀가해서 케이에게 물었다.

"처음, 중간, 끝이라고 말하지 않고 왜 어려운 단어로 이야기해요?"

"엄……."

케이는 설명하지 않았다. 설명 중에 또 다른 모르는 단어를 마주칠 것이었다. 지원에게 일기 쓰기, 아니 소설 쓰기 숙제가 제일 난관이었다.

"이제 더 이상 쓸 이야기가 없어요."

케이는 머릿속에 메모했다. 지원에게 일기 쓰기를 알려줄 것. 지원은 말을 이었다.

"감사 일기를 쓰라고 하는데, 불만밖에 없어요."

"그럼 불만을 쓰면 되겠지."

"요즘은 노력하는 마음을 칭찬하고 있어요."

지원은 새로운 세상을 만났지만, 변화는 낯설고 어려웠다. 케이는 유진과 다래의 도움에 관해서 물었다.

"유진과 다래는 잘 도와주니?"

"처음에는 그랬는데 지금은 성의가 없어요."

지원은 심드렁하게 말했지만 내심 유진이 고마웠다. 유진은 지원이 아무것도 모르는 첫 과제를 밤늦도록 도와주었다. 지원이 두 번째 과제도 같은 방식으로 대응하자 유진은 자신이 대신 대학을 다니는 느낌이 들었다. 지원은 유진이 힘들어하는 것을 알아챘다. 두 번째는 다른 사람의 도움 없이 혼자 요약해서 제출했다. 케이는 지원이 대견했다.

"혼자서 충분히 할 수 있네."

"그런 셈이죠!"

지원은 당당하게 재치 있는 대답과 익살스런 표정을 지어 보였다. 지원의 유머 섞인 잘난 척은 코앞에 닥친 난관을 넘어가게 만들어 주는 힘이었다. 지원이 어릴적부터 터득해 온 나름의 생존방식이었다. 케이는 그런 그가 밉지 않았다. 자랑스러웠다. 지원은 어렵게 시작한 공부를 어떻게든 잘하고 싶었다.

"선생님, 먼저 대학 간 친구들은 수업료가 빚쟁이처럼 따라다녀요."

"그러게, 대학 졸업과 동시에 채무자 신세가 되는 경우가 많아. 어렵다."

지원보다 일찍 대학을 진학했던 친구들은 학점 관리를 잘 못해 장학금을 못 받았다. 재학 중에 쓴 돈이 다 빚으로 남았다.

지원은 살아남을 방법을 스스로 깨달아 갔다.

"출석만 잘해서는 학점을 잘 받을 수 없어요. 개인 과제, 조별

과제도 잘해야 해요. 휴."

지원은 깨우지 않아도 일찍 일어났다. 매일 아침밥을 먹고 스쿨버스를 탔고 1시간 일찍 학교에 도착했다. 또래가 없지만 어떻게든 적응 중이었다. 작은 물결에도 움츠리던 소라게가 대학생활에 용감하게 부딪히고 있다. 케이는 소라게를 응원했다.

어떤 면접

지원이 미용시험을 포기하고 방황할 때였다.

"면접 한번 볼래?"

"아니요, 괜찮아요."

정선 선생님은 지원에게 취업 면접을 권했다. 지원은 거절했다. 취업 시 신입사원의 급여로 50만 원을 정부가 지원하는 사업이었다. 정부 지원이 있어서 취업 가능성이 높다는 말에 지원은 솔깃했다.

"정장 입어야 하나요?"

"그래야겠지?"

지원은 구두와 정장이 없기도 했고 입고 싶지 않아서 다시 안 간다고 했다. 정선 선생님은 빌려 입으면 된다고 했다. 볼까 말까 하다가 면접날이 잡혔고 면접자 명단에 지원도 포함되었다.

지원자가 많다는 말에 사람이 많을까 봐 걱정했다. 면접날이 다가오자 후회는 점차 더 심해졌다. 사업에 참여자가 처음에 약 800명으로 알려졌지만, 사전에 진행된 면접 교육에 참여한 사람은 20명 정도였다. 지원은 다행이라고 생각했다. 정선 선생님으로서는 처음 연계하는 사업이었다. 설명하면서 허둥댔고 지원에게 면접하는 회사에 대한 정보를 끝내 제공하지 못했다.

면접날 아침 빌려온 옷이 작아서 지원은 치마를 바지로 바꿔 입었다. 면접은 20명이 3조로 나뉘어 조별로 진행되었다. 지원은 첫 번째 조에 속했다. 첫 번째 질문은 자기소개였다. 밤을 새우며 자기소개를 썼지만 발표는 어떻게 해야 할지 오리무중이었다. 지원과 같은 조의 남자는 고등학교 때 과외활동, 봉사활동 등을 5분 정도 줄줄 이야기했다. 이야기를 들으면서 뭐라고 대답할까 이리저리 궁리했다.

'아, 남자애와 비교당하겠구나.'

지원의 차례가 되었다.

"저는 스물두 살 박지원입니다."

"끝났어요?"

"네, 더 말해야 하나요?"

면접관이 일제히 지원을 쳐다보면서 크게 웃었다. 지원은 재미있다는 듯이 따라서 웃었다. 다음 면접자의 답변도 지원과 같았다. 나이와 이름. 면접관은 뭐라도 찾으려고 이력서를 살피더니 말했다.

"바리스타 자격을 취득했는데, 일한 적이 없네요. 왜 취득했어요?"

"그냥, 딸 기회가 있어서 땄어요."

"그냥 딴 거예요?"

"아, 네. 그냥 따 버렸네요!"

그 면접자의 대답에 면접관은 또 웃었다. 지원은 웃는 면접관이 우스워서 따라 웃었다. 그때 지원에게 컴퓨터 자격증을 질문했다.

"컴퓨터 다룰 줄 알아요? 자격증은 있나요?"

"아니요. 한 개도 없는데요."

질문이 이어지면서 지원은 점점 담담하게 대답했다.

'입사 면접이 이런 거야?'

지원은 생각했다. 문득 뒤늦게 알아챘다. 컴퓨터 관련 질문을 자기에게만 했다는 것을. 다른 사람은 모두 관련 자격증이 있었다. 지원만 없었다. 면접관은 그것을 지적하고 있었던 것이었다. 10분간 휴식이 이어졌다. 면접자는 서로 아무 말도 하지 않았다.

"우리 회사를 지원한 이유가 뭐예요?"

휴식 후 첫 번째 질문이었다. 앞사람이 대답하는 동안 지원은 생각했다.

'이 회사를 지원하고 싶다고 말한 적이 없는데 왜 물어보지?'

지원의 차례가 되었다. 같은 질문이었다.

"음, 이 회사가 뭐 하는 곳이에요?"

지원의 질문에 면접관이 당황했다. 하지만 지원은 정말로 몰라서 물었다. 회사명조차도. 면접 전에 아무도 말해 주지 않았다. 궁금하지도 않았다.

면접관은 설교를 시작했다.

"요즘 애들은 기본이 안 되었어요. 찾아보면 다 나오는데."

지원은 아무 정보도 없이 면접을 보자고 해서 온 거였다. 다른 면접자도 모두 비슷한 상황이었다. 기본이 어쩌고저쩌고하는 훈계를 듣는 상황을 이해할 수 없었다. 지원은 화가 났다.

'내가 왜 저런 이야기를 들어야지?'

다음 질문이 다른 면접자에게 이어졌다.

"10년 뒤에 자신은 어떤 모습일까요?"

"사회복지사가 되어 있을 것 같습니다."

지원은 생각했다.

'10년 뒤를 내가 어떻게 알아? 내가 예언가인가?'

다른 면접자가 답하는 동안 머리를 굴렸다. 모르겠다고 생각했다. 차례가 되었다.

"10년 뒤에 자신은 어떤 모습일까요?"

"저는 지금의 저도 모르겠고, 10년 뒤는 정말 모르겠는데요."

지원의 당당함에 면접관은 어처구니가 없었다. 화를 내기 시작했다.

"나 때는……."

면접관들은 이구동성으로 잔소리를 했다. 지원은 무슨 말인지 집중해서 들었다. 결론은 아무리 몰라도 모른다고 답변하면 안 되는 것이었다. 지원은 생각했다.

'그럼 모르는 것을 꾸며대라고?'

잠시 휴식 후 마지막 면접에 들어갔다. 3번째 면접이 시작되자 다른 면접자에게는 질문이 없었다. 처음 답변을 잘한 남자를 이미 뽑은 것처럼 회사의 혜택을 장황하게 설명했다. 그런데 그 긴 설명이 엉뚱한 질문과 엉뚱한 답변 때문에 갑자기 끝이 났다. 한 면접관이 물었다.

"영어는 잘해요?"

"음, 잘 모르겠습니다. 괜찮습니다. 이 회사에서 일할 생각이 없습니다."

지원은 이 상황이 웃겼다. 혼자 웃다가 질문한 면접관과 눈이 마주쳤다. 웃음을 참았다. 면접관은 집요하게 이미 널 뽑았다고 일할 생각이 없는 사람에게 설명했다.

지원은 다른 면접자를 무시하고 면접 자리에서 노골적으로 너를 뽑았다고 말하는 면접관이 어이가 없었다. 이 상황이 웃겨서 또 웃었다. 면접관과 또 눈이 마주쳤다. 면접관은 당황하면서 얼굴이 일그러지고 빨갛게 변했다. 지원은 웃음을 참으려 했지만 참을 수 없었다. 마침내 소리 내어 웃었다.

"푸하하하! 푸하하하!"

손뼉을 치면서 웃었다. 일어서서 몸을 흔들며 배꼽을 잡고 웃었다. 면접은 그렇게 어이없이 끝났다.

정선 선생님은 면접 후에 사과했다.

"우리가 실수했어요. 정보가 부족했습니다. 미안합니다."

지원은 날이 새도록 자기소개서를 썼다. 어떤 면접관도 자기소개서에 기술한 내용을 질문하지 않았다. 케이에게 말했다.

"뭐 면접을 이렇게 보는구나. 좋은 경험이었어요."

케이는 생각했다.

'지원은 잘 몰랐다. 그렇지만 당당했다.'

이 면접 경험은 좋은 씨앗이 되었고 그것으로 충분했다.

어떤 날 II

지원은 밤을 꼬박 새우는 날이 많았다. 그래도 첫차로 학교에 갔다. 강의는 언제나 수수께끼같은 단어들로 가득했고 매일 안개 속을 걷는 기분으로 더듬거렸다. 빠른 속도로 눈은 감겼고 고개의 각도를 유지해 보려는 작전은 매번 실패로 돌아갔다. 배반당한 의지는 무심하게 필름이 끊어졌다 이어졌다 반복했다. 새벽을 버텨낸 당당함은 코를 통해 소리를 냈다.

"드르르렁! 드르르렁!"

강의실은 조용했다. 지원의 코 고는 소리는 점점 소리를 높여 가며 강의실을 채웠다. 교수님과 학생들은 소리의 근원지를 쳐다봤다. 지원은 책상 위에 펼쳐진 책에 머리를 박았다. 여기저기서 참았던 웃음이 풍선에서 바람 빠지듯 피식피식 흘렀다. 점차 웃음소리가 커졌다.

지원은 잠결에 강의실의 공기가 달라진 것을 느꼈다. 가늘게 눈을 뜨고 주변을 살폈다. 잠시 생각했다.

'무슨 일이 벌어진 것일까?'

서서히 현실이 느껴졌다. 모든 시선이 그를 향하고 있음을 알아챘다. 옆에 앉은 친구가 허리를 찌르면서 속삭였다.

"너 코 골았어!"

"머? 정말?"

갑자기 숨이 턱 막히며 온몸의 피가 얼굴로 몰려든 것처럼 확 달아올랐다. 지원은 순간적으로 벌떡 일어났다. 머릿속에는 온갖 생각들이 순식간에 신호를 보냈다. 이 위기를 어떻게 모면할 것인가 판단했다. 부끄럼 대신 뻔뻔함으로 승부하기로 했다. 고개를 깍듯이 숙이며 최대한 큰 소리로 말했다.

"죄송합니다! 과제 때문에 한숨도 못 잤습니다!"

지원은 보통 새벽에 잠이 들고, 점심때가 지나서 일어났다. 학교에 다니면서도 밤낮이 바뀐 습관을 유지했다. 간밤에도 새벽까지 깨어 과제를 했다. 과제가 끝난 새벽에 생각했다.

'지금 자면 내일 아침에 못 일어나는데.'

걱정하다가 결국, 밤을 꼬박 새우고 아침을 맞았다. 지원은 대학에 등록하면서 결석이나 지각을 하지 않겠다고 결심했고, 그 결심을 지켰다. 중, 고등학교 때의 결석, 지각, 조퇴를 생각하면 스스로가 대견했다.

강의실은 다시 조용해졌다. 교수님은 아무 말없이 수업을 이어 갔다. 지원의 눈은 다시 배신의 깃발을 흔들었다. 강의는 자장가가 되어 가물가물 귓전을 맴돌며 잠의 커튼을 드리웠다. 몽롱해진 머리는 오뚜기처럼 수시로 흔들거렸다. 눈꺼풀은 바위를 얹은 듯 무게를 이기지 못하고 감겼다. 코 고는 소리로 사람들을 다시 웃게 할 수는 없었다. 조용히 일어나 뒷문으로 나왔다. 차갑고 거센 바람이 옷 사이를 파고들었다. 써늘함이 움츠리게 했다.

"으으으, 드드드, 딱딱딱."

밖은 세차게 칼바람이 불고 있었다. 매서움에 몸은 부르르 떨렸다. 파래져 가는 입술 사이로 이가 부딪치며 소리를 냈다. 의지와 상관없이 종일 자다 깨기를 반복하며 수업 시간을 보냈고 기억에 남는 내용은 하나도 없었다.

수업이 모두 끝나자 지원은 서둘러 집에 가고 싶었다. 미열이 등을 타고 올라와 머리를 지끈지끈 쪼아댔다. 한기로 등골이 오싹했다. 모든 뼈가 욱신거렸다. 먹구름은 금방이라도 눈을 뿌려댈 듯 하늘을 뒤덮고 있었다. 나무는 거세게 불어대는 바람을 따라 부러질 듯 허리를 휘었다. 바람을 헤치고 버스 정류장을 향했다. 최대한 여유 있게 걸었다. 갑자기 선배들이 뛰었다. 지원은 생각했다.

'왜 뛰지?

버스 정류장이 가까워지자 이유를 알았다. 지원이 타야 하는 버스가 벌써 출발하려는 것 같았다. 버스를 놓치고 싶지 않았다. 버스를 탈 수 있기를 바라며 힘껏 뛰었다.

"어어어억!"

그 순간, 다리가 꼬여서 철퍼덕 넘어지고 말았다. 지원은 아무 일도 없는 듯 벌떡 일어났다. 아팠지만 괜찮은 척 주변을 신속하게 살폈다. 다행히 쳐다보는 사람은 없었다. 먼지를 털면서 생각했다.

'안 하던 짓을 하면 꼭 이런 일이 생겨.'

몸은 욱신거렸고, 감기는 눈을 부릅뜨려 사투했던 하루였다. 그런 정성을 알고 있기라도 한 듯 버스는 지원을 기다려 주었다.

버스 안은 히터 열기로 얼었던 몸이 금세 녹았다. 곧바로 잠이 쏟아졌다.

"학생 일어나!"

버스 기사님이 지원을 깨웠다. 종점이었다. 혼자 중얼거렸다.

'아! 씨, 망했네.'

케이는 큐에게 이메일을 썼다.

큐에게

부모의 얼굴을 모르는 아이가 구김 없이 유쾌하게 자랐습니다. 저는 아이를 보면서 아이들을 위한 쉼터가 최소한의 역할을 하고 있다고 생각합니다.

큐는 쉼터를 어떻게 생각하시나요?

케이.

민서 이야기

민서는 괴로운 시간이 이제 끝이라고 생각했다. 말하면서 얼마간 안도감을 느끼는 듯했다. 민서는 아빠가 죽었다고 생각하기로 했다.

케이는 중학교 교복을 입은 열다섯 살 민서를 만났다. 앳되고 이국적인 눈을 가진 아이였다. 또래보다 체구가 작았고 헝클어진 머리카락 사이로 눈이 맑게 반짝였다. 심하게 구겨진 교복은 지난 이틀 동안 무슨 일이 벌어졌는지 짐작하게 했다. 케이는 따뜻하고 달콤한 레몬차를 민서 앞에 놓았다. 민서에게 무슨 일이 있었는지 물었다. 민서는 생각을 더듬으면서 말을 이었다.

봄이 오나 싶었는데 꽃샘추위가 오기를 부렸다. 온기라고는 한 올도 없이 몹시 추운 날이었다. 대낮부터 취한 아빠는 민서에게 물었다. 묻다가 또 술을 마셨다.

"아빠가 나가면 좋겠어? 아빠가 있었으면 좋겠어?"

아빠는 어떤 대답에도 화를 냈다. 이어지는 폭언이 분명해서 민서는 대답하지 못하고 떨기만 했다. 민서는 아빠의 반복되는 말을 엄마가 귀가할 때까지 들었다. 엄마는 오후 1시부터 밤 10시까지 마트에서 일했다. 엄마는 수술을 앞둔 아픈 몸이었다. 그날 밤 술 취한 아빠는 일에서 돌아온 엄마를 죽일 것처럼 때렸다. 이유 없는 구타는 새벽까지 계속되었다. 살기 위해 엄마와 민서는 집에서 도망쳤다.

"엄마와 차에서 잠을 잤어요."

차의 앞 유리는 하얗게 서리로 뒤덮여 있었다. 아빠를 피해 숨을 곳이 없었다. 그날 밤은 영하 3도였다. 매서운 어둠을 헤매던 손과 발은 꽁꽁 얼어붙었다. 하얗게 얼어버린 밤을 담요 한 장으로 막을 수는 없었다. 엄마와 민서는 서로의 온기로 지치고 멍든 긴 시간을 지켜냈다. 긴 밤을 뜬눈으로 보내고 엄마와 민서는 여성긴급전화 1366 부설인 가정폭력상담소를 찾아갔다. 그곳에서 하룻밤을 보내고 민서는 쉼터로 왔다.

민서는 엄마의 건강을 걱정하며 눈물을 흘렸다.

"술을 먹으면 아빠는 낯선 사람으로 변해요. 집안의 물건을 잡히는 대로 집어던져요. 욕하며 엄마와 저를 닥치는 대로 때렸어요. 술을 먹지 않을 때는 말이 별로 없어요. 술만 먹으면 짐승으로 변해요."

민서는 엄마와 함께 아빠의 폭력을 피해서 자주 도망 다녔다. 밖에 나오면 더위와 추위, 성희롱, 강도 같은 다른 폭력이 기다렸다. 잘 곳을 찾아 밤거리를 헤매는 날이 셀 수 없이 많았다.

"아빠를 증오해요!"

민서는 아빠 때문에 엄마가 아프게 되었다고 울었다. 케이는 흐느낌으로 떨고 있는 민서의 등을 쓸어 주었다.

일주일 뒤 민서는 차츰 쉼터 생활에 안정감을 찾았다. 케이는 민서와 다시 마주 앉아 달콤한 레몬차를 마셨다. 민서는 기억을 더듬어 이야기를 이었다.

"네 살쯤이었어요. 열이 올라서 병원에 입원했어요."

아빠는 그날도 술에 취해 병원에 와서 행패를 부렸다. 민서는 결국 병원에서 강제로 퇴원을 당했다. 그날 밤 엄마와 민서는 두려움에 떨면서 서울로 도망쳤다. 며칠 뒤 아빠는 엄마와 민서를 찾아왔다.

"내가 다시 술을 마시면 친권을 포기하겠어."

아빠는 애원하며 각서를 썼다. 엄마에게 돌아와 달라고 손이 발이 되도록 빌었다. 아는 사람 하나 없이 서울 생활이 막막했던 엄마는 민서를 데리고 다시 아빠 집으로 돌아왔다. 그 뒤로도 아빠의 음주와 폭력은 변하지 않았다.

"저는 다섯 살 때 태국에서 2년 동안 살았어요."

엄마의 고향은 태국이었다. 민서는 여덟 살 때 한국에 돌아와 아빠와 다시 살았다. 엄마는 서울에서 관광 가이드 일을 하면서 시간이 나면 집에 왔다. 아빠는 어부였는데 민서가 초등학교 3

학년쯤 환경관리사가 되었다. 그 일을 하면서 아빠는 갈수록 이상한 사람이 되어 갔다.

“아빠는 오랫동안 연락 없이 집을 나간 적도 있어요.”

아빠는 다른 여자를 자주 만났고, 엄마 이름으로 된 카드로 빚을 져서 엄마를 힘들게 했다.

케이는 식어 가는 차를 민서 앞으로 밀었다.

“엄마는 수술이 끝나면 이혼할 거라고 했어요.”

“그래야 하겠지.”

“아빠가 차라리 죽었으면 좋겠어요.”

“…….”

민서는 떨면서 차갑게 말했다. 민서는 괴로운 시간이 이제 끝이라고 생각했다. 말하면서 얼마간 안도감을 느끼는 듯했다. 민서는 아빠가 죽었다고 생각하기로 했다.

케이는 낮은 소리로 물었다.

“엄마는 현재 어떤 상태야?”

“엄마의 수술은 잘되었어요.”

엄마는 수술 후 회복 중이었다. 엄마는 민서를 혼자 두고 죽을 수 없었다. 살아야 했기에 악착같이 눈을 뜨고, 먹고, 잠을 잤다. 회복은 순조로웠다. 4월 벚꽃이 피는 날 민서와 엄마는 가정폭력보호시설로 이관되었다.

케이는 큐에게 이메일을 썼다.

큐에게

우리는 다문화 사회에 살고 있습니다. 민서를 통해서 다문화 사람에게 가혹한 우리의 민낯을 봤습니다. 우리가 우리 이웃에게 얼마나 더 가혹할 수 있을까요?

큐는 다문화 배경을 가진 이웃을 어떻게 생각하시나요?

케이.

방황

강희 이야기

강희는 성민의 아이를 임신했다. 그들은 미숙했고 어떻게 해야 할지 몰랐다. 성민은 아빠가 될 준비가 되지 않았고 낙태를 언급했다. 강희는 한없이 서운했다.

강희의 눈빛은 맹렬하면서도 슬픔의 축축함이 묻어났다. 쉼터의 다른 아이들보다 한 뼘쯤 더 크고 깡말랐다. 작은 얼굴에는 늘 불안의 그림자가 비쳤다. 상대방을 응시하는 버릇이 있었고 타인의 눈빛을 피하지 않았다. 응시는 상대를 제압하거나 생존을 위해서였다. 그 눈빛과 희미한 불안이 신비한 인상을 만들었다. 케이는 강희의 응시와 불안이 어디에 닿고자 하는가, 생각했다. 쉼터에 입소할 때 강희는 열여덟 살이었다.

몸부림

강희는 고등학교를 4일 다녔다. 1학년 첫째 날 아이들 앞에서서 자기를 소개했다. 둘째 날 부반장으로 선출되었다. 같은 반 아이들은 강희의 과거를 알지 못했다. 아이들은 다부지게 말하는 강희를 선출했다. 셋째 날 가방 속에 술병을 넣고 등교했다. 쉬는 시간에 술을 마시고 담배를 피웠다. 부반장 선거에서 떨어진 아이가 강희의 음주를 문제 삼았다.

"술 마시는 사람이 부반장이면 안 되지?"

"이 씨발, 너 다시 말해 봐!"

"왜 내가 틀린 말 했어?"

강희는 욕설이 올라왔다. 마시던 술병을 아이에게 던졌다. 술병은 아슬아슬하게 빗나갔다. 술병은 교실 벽에 부딪혀 산산조각이 났다. 병 속 술이 사방으로 튀자 주변에 있던 아이들은 몸을 움츠렸다. 깨진 병 조각이 아이의 종아리를 스쳤다. 피가 흘렀다.

"으아악!"

교실은 순식간에 아이들의 고함으로 가득찼다. 피 흘리던 아이가 다급히 112에 전화했다. 넷째 날 교무회의에서 강희의 자퇴를 결정했다. 검정고시를 볼 수 있도록 교무회의는 강희를 퇴학시키지 않았다.

술병사건의 수사 중에 1년 전 폭행이 드러났다. 강희는 중3 때 입양가정을 나와 보육원에서 살았다. 보육원은 적응하기 힘들었다. 입양가정 부모에 대한 배신감과 쌓인 분노가 엉뚱한 폭력으로 튕겨져 나왔다. 폭력과 욕설로 뒤범벅이 된 하루하루였다. 보육원 아이 중 또래의 남자아이가 강희를 유난히 좋아했다. 강희는 아는 동생으로 생각했지만 아이는 강희에게 추근댔다. 강희가 견딜 수 없었던 어느 날, 아이의 이 하나를 부러뜨리고 이마에 깊은 흉터를 남겼다.

재판관은 두 가지 사건으로 강희에게 소년원 1개월과 보호관찰 1년을 명령했다. 한 달 뒤 소년원에서 나온 강희는 보호관찰을 신청하지 않았다. 3개월간 법망을 피해서 도망 다녔다. 도망 다니면서 다섯 가지 폭행 사건에 연루되었다. 잡히면 곧바로 구금이었다. 추적 끝에 경찰은 강희를 잡았다. 강희는 보호관찰 위반과 추가 폭행 사건으로 다시 재판을 받았다. 재판관은 강희에게 소년원 2년을 결정했다. 강희의 살고자 하는 몸부림은 잔혹했고 무참하게 감금으로 이어졌다. 강희는 열일곱 살이었다.

파양

강희는 네 살까지 보육원에서 자랐다. 네 살에 입양되어 중3까지 양부모와 살았다. 입양가정에는 양부모와 양오빠 두 명, 그리고 양언니가 함께 살았다. 어린 강희는 한동안 부모의 관심을 받았다. 오빠들은 강희를 귀여워했고 언니는 친구 같았다.

강희는 초등학교 때 키가 160센티가 넘었다. 얼굴은 갸름하고 코는 오뚝했다. 큰 눈에는 쌍꺼풀이 지고 눈웃음이 가득했다. 보는 사람마다 강희에게 예쁘다고 했다. 중학생이 되면서 키가 더 자라자 언니는 강희를 점차 미워했다. 엄마는 언니의 콤플렉스가 강희 때문이라고 생각했다. 엄마는 언니를 위로하기 위해서 강희를 구박했다. 엄마의 구박은 집요했고 참을 수 없었다. 강희는 같은 핏줄이 아니기 때문이라고 생각했다.

"너는 언니를 본받아야지 그게 뭐냐?"

"내가 뭘 어쨌서, 씨."

"너 욕했니? 나한테?"

"내가 언제?"

엄마는 강희를 자주 혼냈고 차별했다. 엄마에게 대들면 큰오빠는 버릇없이 어른에게 대든다고 목소리를 높였다. 엄마와 큰오빠는 항상 같은 편이었다. 작은오빠는 방관자였다. 언니는 강희에게 날이 갈수록 더 차가워졌다. 이 세상에서 강희 편은 없었다. 집에서는 차츰 눈치가 보였고 의지할 사람이 없어 자주 가출했다. 유일하게 강희에게 따뜻한 눈길을 주는 사람은 아빠뿐이었다. 아빠는 너무 바빠서 집에 있는 시간이 없었다. 아빠조차 잦은 가출 때문에 강희를 나무랐다. 아빠가 모처럼 집에 있던 날 강희는 말했다.

"아빠, 보육원으로 돌아가고 싶어요."

"왜?"

강희를 제외한 가족들이 모여서 어떻게 할 것인지 논의했다. 양부모는 강희를 보육원으로 돌려보냈다. 강희가 먼저 가겠다고 한 것이지만, 배신감과 분노로 가득 찬 상태로 다시 보육원으로 돌아왔다. 자신 안에서 부글부글 끓어오르는 분노를 어떻게 할 줄 몰랐다. 그때 강희는 중3 열여섯 살이었다.

자립관

강희는 소년원에서 보낸 시간을 알차게 사용했다. 고등학교 학력 검정고시의 모든 과목을 90점 이상으로 합격했다. 제과기능사 자격증을 취득했고, 제빵기능사와 바리스타 필기시험에 합격했다. 강희는 모범수로 인정받아 1년 6개월 만에 소년원을 나왔다. 보호관찰소는 강희를 Y시 자립관으로 이관했다.

강희의 자립관 생활은 순탄치 않았다. 소년원에서 갓 나온 강희는 폭력을 삶의 방식으로 생각하는 친구나 선배들과 자주 어울렸다. 입소하자 자립관 아이들 사이에서 서열을 두고 자주 싸웠다. 강희는 자립관 안에 자기편이 필요했다. 자립관에서 먼저 생활하던 오빠 성민이 도와줬다. 한편 강희는 엄격하고 과격한 남자 선생님과 자주 충돌했다. 선생님이 자신을 차별한다고 생각했다. 자립관에서는 음식 배달하는 장소와 시간이 한정되었다. 서열 싸움과 갈등이 심하던 어느 날 강희는 몸이 아파서 먹고 싶은 음식을 배달앱으로 주문했다. 늦은 시간이었다. 그 선생님은 음식 배달을 지적했다.

"이것들이 또 이 시간에 배달 음식이냐?"

"강희가 아파서 식욕이 없어서요."

"규정 시간도 넘었는데 꼭 먹어야 했냐? 자립관 음식은 안 먹고 참 잘하는 짓이다."

친구는 강희가 아파서 먹고 싶은 음식을 시켰다고 두둔했다. 선생님은 짜증 섞인 말로 비꼬아 꾸짖었다. 강희는 화가 났다.

"무슨 상관인데. 씨발! 내가 내 돈으로 사 먹는 걸 왜 시비야!"

"뭐야!"

선생님과 강희는 서로에게 돌이킬 수 없는 막말을 했다. 서로 상처를 주고받았다. 선생님은 강희의 잦은 외박과 늦은 귀가를 지적했다. 강희의 외박이 성매매와 관련 있다고 생각했다.

"너 조건만남 하냐?"

"이런 씨발! 당신이 봤어?"

"이게 어디다 대고 욕이야."

"당신이 뭘 봤다고 막말해? 네가 선생이냐?"

선생님과 강희의 갈등은 점차 수위가 높아졌다. 성적인 모욕과 조건만남이라는 말을 들은 강희는 더는 참을 수 없었다. 강희는 앞뒤 가리지 않고 선생님의 자존감을 건들었다. 감정 싸움은 다음 날까지 이어졌다. 급기야 선생님은 욕설과 함께 강희를 벽에 밀치고 때리려 했다. 주변 사람들이 선생님을 말렸다. 강희는 바람을 쐬려고 밖으로 나왔고, 담배를 태우고 들어가려 했다. 그 사이 선생님은 강희의 짐을 싸서 자립관 밖으로 내던지며 당장 떠나라고 했다.

강희는 갈 곳이 없었다. 세상 어디에도 몸을 누일 곳은 없었다. 막막했다. 자신이 고아임을 뼛속까지 느꼈다. K시의 양부모 집으로 가려 했다. 자립관에서 싸운 선생님이 큰오빠에게 전화해서 강희의 행동을 일방적으로 알렸다. 큰오빠와 식구들은 선생님 말을 듣고 화가 치밀었다. 큰오빠는 강희의 핸드폰을 정지시키고 연락하지 말라고 했다. 가족들은 이구동성으로 말했다.

"그런 애를 집에 들이면 안 되지."

"그럼 안 되고말고."

강희는 K시에 아는 언니 집에 임시로 짐을 옮겼다. 자립관 선생님 한 분이 강희의 처지를 딱하게 여기고 쉼터를 알아봤다. 강희는 K시에 있는 P쉼터에 가고 싶었다. 강희는 열여섯 살 때 P쉼터에서 폭력과 조건만남 알선으로 강제 퇴소당한 일이 있었다. P쉼터는 강희의 입소를 거부했다. 그 사이 J쉼터에 자리가 났다. 갈 곳이 없었던 강희는 즉시 입소하겠다고 했다.

이송신고

강희는 12월 26일 늦은 밤에 쉼터에 입소했다. 케이는 강희의 큰 키와 노려보는 시선을 기억에 담았다. 간단한 입소 상담 후 잠자리를 지정했다. 다음 날 케이는 강희가 살아온 삶의 고단함을 들었다. 버려진 영아, 기억에 없는 생부모, 보육원 시절, 입양과 파양, P쉼터 입소와 퇴소, 보육원, 고등학교 자퇴, 소년원, 자립관 생활, 강제 퇴소를 강희는 남의 이야기하듯 말했다.

강희는 보호관찰 중이었다. 면담 후 케이는 보호관찰소에 강희의 입소를 알렸다. 보호관찰소는 강희의 주소지를 쉼터로 변경했다. Y시로부터 이송통지서는 아직 오지 않았다. 강희는 며칠간 쉼터에서 죽은 듯이 말없이 쉬었다. 31일 남자친구가 있는 C시에 갔다. 그날 무단으로 외박했다. 1월 1일 K시에 사는 친구가 강희에게 죽고 싶다는 문자를 남겼다. 강희는 친구를 만나러 K시로 갔다. 친구는 강희와 이야기하는 도중에 호수에 뛰어들었다. 강희는 친구를 살리기 위해 같이 뛰어들었다. 1월 1일 호수는 꽁꽁 얼어 있었다. 숨 막히는 추위를 뚫고 가까스로 친구를 살렸다. 강희는 홀딱 젖은 몸으로 바들바들 떨면서 양엄마 집에 전화했다. 양엄마와 다행히 통화가 되었다.

"저 좀 재워 주세요. 갈 곳이 없어요."

"지금 어디야?"

"강희야, 엄마랑 여기서 함께 살자."

"저도 그러고 싶어요."

양엄마는 강희에게 이제 그만 방황하자고 했다. 양엄마는 파양이 멈출 수 없는 방황과 상처를 만들었다고 생각했다. 다시 엄마가 되어 주겠다고 말했다. 그날 양엄마 집에서 두 번째 무단으로 외박했다. 모두 쉼터 규칙과 보호관찰 위반이었다.

1월 1일 강희는 온종일 연락이 되지 않았다. 케이는 계속해서 어쩌다 오는 문자로 강희의 움직임을 추정했다.

1월 2일 K시에 있는 강희와 통화가 되었다. 케이는 주소지가 쉼터로 변경되었음을 알렸다.

"쉼터에서 살려면 쉼터의 규칙을 지켜야 한다. 네가 돌아오지 않으면 보호관찰소에 알려야 해."

케이는 강희가 구금되는 일을 막고 싶었다. 포기하지 않고 강희를 설득했다. 강희는 자신의 상황을 뒤늦게 깨달았다.

"현재 K시에 있는데 계속 있고 싶어요."

"그렇다고 해도 일단 쉼터에 돌아와야 한다."

"지금 가면 구금되나요?"

"오늘 들어오면 이송 신고가 처리될 거야."

"단체생활이 너무 힘들어요. 양엄마 집에 있어요. K시로 이송 신고해 주세요."

"그것은 쉼터에서 할 수 없어. Y시 보호관찰소에 문의해 볼게.

신뢰할 만한 곳이 아니면 안 될 거야. 알아보고 전화할게. 전화 잘 받아."

"예"

케이는 Y시의 보호관찰관과 통화했다. 보호관찰관은 단호하게 잘라 말했다.

"우리 쪽에서 강희를 K시로 이송 신고하기는 어렵습니다."

"가능하기는 한가요?"

"가능하지만 K시가 안 받을 수 있습니다. 강희가 이미 보호관찰을 어기고 있으니까요."

"쉼터 생활이 어렵다고 합니다."

"힘들더라도 신고지에서 떨어져 지낼 수는 없습니다. 이송 신고를 취소하기 전에 바로 쉼터에 돌아와야 합니다. 취소하면 강희는 Y시로 돌아와야 합니다. 지금 상황은 구금도 가능합니다."

케이는 강희와 통화해서 Y시 보호관찰관의 말을 전했다. 강희는 더는 고집할 수 없었다.

"오늘 안에 들어갈게요."

"응, 기다릴게."

쉼터는 강희의 무단 외박에 관한 직원회의를 했다. 회의에서 경고와 외출 금지를 결정했다.

꿈과 사랑

강희는 소년원에서 대입 검정고시를 90점 이상으로 합격했다. 수도권 쪽 대학에 진학하려고 점수를 더 올리고 싶었다. 호텔조리학과에 진학해서 호텔조리사가 되기를 꿈꿨다.

강희는 부모의 얼굴을 몰랐다. 출생 직후 보육원 앞에서 발견되었다. 발견 당시 입었던 옷이나 덮고 있던 담요에는 인적 사항이 없었다. 강희의 성씨는 보육원 원장님의 성씨와 같았다. 이름은 보육원 원장님이 지어 줬다. 강희의 삶에 사람의 따뜻함은 없었다. 완전히 혼자였다. 혼자서 살아남기 위해 살피고 싸웠다. 강희의 깊은 외로움은 눈물어린 눈동자를 만들었다.

소년원을 나와 자립관에 왔을 때 의지할 사람이 없었다. 그때 강희에게 곁을 내준 사람이 성민이었다. 강희보다 3살 많았다. 강희가 자립관에 입소하여 서열 싸움이 한창일 때 성민은 강희의 흑기사였다. 성민은 강희가 자립관에 온 뒤 한 달 만에 Y시 쉼터로 이관되었다. 강희는 성민을 애타게 잡았다.

"성민아, 제발 가지 마. 여기 있어 줘."

"가야 해. 여기서 평생 보낼 수는 없잖아."

강희가 성민과 자립관에서 함께 보낸 시간은 불과 한 달이었다. 짧은 시간이었다. 짧지만 사람에 굶주린 강희는 성민으로부터 크게 영향을 받았다. 성민이 쉼터로 간 뒤에도 둘은 자주 밖에서 만났다. 강희는 성민을 만나면 편안했다. 성민과 함께 있을 때 강희는 따뜻함을 느꼈다. 강희가 느낀 사람의 따뜻함은 마음 깊이 뿌리내렸다. 강희는 성민에게 의지했고 성민은 강희를 가슴에 품었다.

강희는 성민의 아이를 임신했다. 그들은 미숙했고 어떻게 해야 할지 몰랐다. 성민은 아빠가 될 준비가 되지 않았고 낙태를 언급했다. 강희는 말하지 못했지만, 한없이 서운했다. 강희는 속내를 털어놓는 선생님과 상의했다. 선생님은 중절 수술을 할 수 있도록 비용과 회복할 곳을 찾아 주었다. 강희는 성민이 곁을 지키는 가운데 수술을 받았다. 휴식을 위해 강희는 고향인 K시로 내려왔다. K시에 내려오자 이송 신고가 그를 압박했다. 강희는 쉼터에 입소했다. 쉼터에 입소 후 며칠 뒤 성민과 연말을 같이 보내기 위해 C시로 향하는 버스에 몸을 실었다. 강희는 성민과 만나고 싶어 자주 외박했다.

강희의 무단 외박이 3회가 넘었다. 보호관찰소는 강희에게 경고했다.

'한 번 더 외박하면 구인하겠다.'

쉼터는 규정대로 퇴소를 결정했다. 입소로부터 한 달 하루가 지난 날이었다. 강희는 성민에게 연락해 함께 살고 싶다고 말했다. 성민은 그러자고 했다. 강희는 C시로 가는 버스에서 호텔조리사의 꿈을 되살렸다. 강희는 열아홉 살이었고 성민은 스물두 살이었다. 케이는 큐에게 이메일을 썼다.

큐에게

자신의 성씨(姓氏)도 이름도 모르는 아이가 좌충우돌 살아내고 있습니다. 이 아이에게 세상이 조금 너그러워지기를 바랍니다.

큐는 아이의 몸부림이 보이시나요?

케이.

에필로그

케이 이야기

'봉숭아 꽃물 들이기'는 매년 아이들과 합니다.
물들인 손톱을 보며 아이들은 어떤 소원을 빌까요?

『꽃들의 흉터』가 완성되기까지 여러분의 격려와 도움이 없었다면 이 책은 세상에 나오지 못했습니다.

가명으로 등장한 아이들과 이야기하면서 수없이 울었던 날들이 선명합니다. 아이들의 막막한 처지가 세상 어딘가에 닿아서 도움이 되기를 소망합니다.

쓰는 동안 먹먹한 아픔은 울음으로, 울음은 멈춤으로, 멈춤은 분노로 변주되었습니다. 어떤 곳에서는 오랫동안 눈물이 멈추지 못했습니다. 쓰는 동안 앞으로 나가기 위해 치유가 필요했습니다. 아래에 소개하는 '봉숭아 꽃물 들이기'는 『꽃들의 흉터』를 끝마칠 수 있는 다독임이 되어 주었습니다. '봉숭아 꽃물 들이기'는 매년 아이들과 합니다. 물들인 손톱을 보며 아이들은 어떤 소원을 빌까요?

*

밤새 내린 빗방울이 송글송글 화단을 적셨다. 화단 가득 반짝이는 봉숭아가 케이를 불러 세웠다. 케이는 어린 날 봉숭아 꽃물 들이기를 기억했다.

케이는 신문을 깔고 잎사귀와 꽃잎을 오후 내내 말렸다. 수분을 증발시키면 더 빨갛게 물들여진다. 케이는 아이들을 불러 모았다.

“애들아, 봉숭아 꽃물 들이자!”

아이들이 우르르 모였다.

“시금치 같아요. 이게 빨갛게 물들어요?”

아이들은 믿을 수 없다는 듯 고개를 갸웃거렸다.

다래가 말했다.

“밤새 참아야 해. 첫눈이 내릴 때까지 봉숭아 꽃물이 손톱에 남아 있으면 소원이 이루어져.”

아이들은 봉숭아 꽃물 들이기가 처음이었다. 도란도란 이야기하며 마주 앉아 드린 봉숭아 꽃물은 첫눈을 기다린다. 간절한 소원과 함께 힘겨운 시간을 견디게 해준다. 모든 첫 경험들은 서툴고 설렌다.

“자, 누구부터 물들여 볼까?”

송이가 왼손 새끼손가락을 망설이며 내밀었다. 케이가 봉숭아를 올리려고 하자 손을 움츠렸다.

"괜찮아."

"먼저 해볼 사람? 밤새 손이 불편해서 잠을 설칠 수 있어."

봉숭아를 찧어 준 다래가 손을 내밀었다.

"손톱이 아기 같네. 올해는 무슨 소원 빌 거야?"

"올해는 검정고시 시험 점수를 반드시 올려야 한다!"

"꾹 참을 수 있지?"

"헤헤. 인내는 소원을 이루기 위한 과정이죠."

송이는 포기를 선언했다. 케이는 생각해 보자고 했다.

"저는 안 할래요. 스마트폰 터치 안 되면 어떻게 해요."

"다른 사람 할 동안 생각해 봐."

아이들은 망설였다.

"저는 발톱에 할게요. 새끼손가락 말고요. 아, 부끄럽다."

송이는 손가락 대신 발가락을 내밀었다.

"귀엽네. 송이 발톱."

부끄럽게 내민 송이의 발톱에 물들 소원은 무엇일까? 케이는 생각했다.

"저도 해볼게요."

어제 입소한 하얀이가 가늘게 떨리는 손을 내민다. 손과 팔은 크고 작은 흉터투성이였다. 몸에 난 수많은 흉터보다 더 크게 자리했을 마음의 상처가 보였다. 케이는 하얀의 손을 잡았다.

"하얀아, 스마트폰 못 할 수도 있는데 괜찮겠어?"

"네, 괜찮아요."

"애들아, 소원을 종이에 쓰자."

아이들은 진지하게 소원을 쓰고 상자에 담았다.

"너희들의 소원이 이루어진 모습을 이야기해 보자. 이 상자는 첫눈이 올 때 함께 열어 보자."

책 속에 나오는 복지기관 안내

청소년 쉼터(일명 쉼터)

청소년 쉼터는 가출 청소년 등을 조기에 발견하여 생활, 학업, 자립을 지원합니다. 청소년이 위기 상황을 극복하고 가정과 사회로 건강하게 복귀할 수 있도록 돕습니다. 2021년 청소년 쉼터는 서울에서 제주도까지 136개소가 있습니다. 이 책에서 쉼터는 청소년 쉼터를 의미합니다.

청소년자립지원관(일명 자립관)

일정 기간 청소년 쉼터 또는 청소년회복지원시설의 지원을 받았는데도 가정, 학교, 사회로 복귀하여 생활할 수 없는 청소년에게 자립하여 생활할 능력과 여건을 갖추도록 지원하는 시설입니다.

청소년 상담 1388

청소년 상담 1388은 상담 및 복지지원이 필요한 위기 청소년을 발굴하는 상담 채널입니다. 온라인상담 서비스(카카오톡, 페이스북, 문자 및 전화상담)를 제공합니다.

아동보호전문기관 1391

아동보호전문기관 1391은 학대로부터 아동을 보호하여 아동의 권익을 증진합니다. 학대 아동의 안전한 보호와 그 가족에 대한 위기 개입, 상담, 치료, 교육 서비스 지원을 통해 학대 재발 방지와 가족 기능의 강화를 위해 활동합니다.

여성긴급전화 1366

가정폭력, 성폭력, 성매매 등 위기상황에 처한 여성을 위한 긴급전화 상담으로 초기상담, 긴급보호를 제공합니다. 전문상담기관, 보호시설, 의료기관, 교육기관, 법률기관, 검·경찰, 행정기관 등과 네트워크를 구축하여 실시간으로 통합서비스를 제공합니다.

해바라기센터

성폭력, 가정폭력, 성매매 피해자에 대하여 365일 24시간 상담 및 의료, 수사, 심리, 법률 지원을 제공합니다. 폭력 피해로 인한 위기 상황에 대처 지원 및 2차 피해를 방지하기 위해 설립된 기관입니다.

그룹홈

가정해체, 방임, 학대, 빈곤, 유기 등의 이유로 보호가 필요한 아동에게 가정과 같은 주거 환경에서 아동의 개별 특성에 맞추어 보호 양육 서비스를 제공하는 소규모 아동보호 시설입니다.

청소년상담복지센터

청소년 안전망을 운영하는 중심기관으로서 지역사회 내 학교, 교육청, 경찰청, 고용노동청, 의료기관, 쉼터 및 복지시설 등 다양한 자원을 연계하여 청소년의 건강한 성장을 지원합니다.

모자원

미성년의 자녀가 있고 배우자가 없어 생계가 곤란한 엄마와 그 자녀를 수용하여 보호하는 시설입니다. 보통 3~4년간 생계를 보장하는 한편 퇴소 뒤의 자립 기반 마련을 돕습니다.

보육원

부모가 사망하거나 부모가 아이를 키울 능력이 되지 않거나 부모가 친권을 상실할 때, 세상에 홀로 남게 된 어린이나 청소년들을 수용하여 보호하는 사회복지시설입니다. 수용된 아이의 나이에 따라 영아원, 육아원으로 구분합니다. 고아원의 순화된 표현입니다.

굿네이버스

국내 및 해외에서 UN 아동권리협약(CRC)과 아동 최우선의 원칙에 입각하여 빈곤과 질병, 학대로 고통 받는 아이들이 행복하게 살아갈 세상을 만들기 위해 활동하는 NGO 복지단체입니다.

취업성공패키지

저소득 취업취약 계층에게 개인별 취업활동 계획에 따라 '진단, 경로설정 → 의욕, 능력 증진 → 집중 취업 알선'에 이르는 통합취업프로그램을 제공하고, 취업한 경우 '취업성공 수당'을 지급하는 종합취업지원체계입니다.